无梦之人

（韩）李美芮---著

崔海满 刘庆花---译

化学工业出版社

·北京·

本书中文简体字版由 Sam & Parkers Co., Ltd. 授权化学工业出版社独家出版发行。
本书仅限在中国内地（大陆）销售，不得销往中国香港、澳门和台湾地区。未
经许可，不得以任何方式复制或抄袭本书的任何部分，违者必究。

北京市版权局著作权合同登记号：01-2022-1674

图书在版编目（ＣＩＰ）数据

无梦之人 /（韩）李美芮著；崔海满，刘庆花译 . — 北京：
化学工业出版社，2023.5
（达勒古特梦百货店）
ISBN 978-7-122-42945-2

Ⅰ . ①无… Ⅱ . ①李… ②崔… ③刘… Ⅲ . ①长篇小
说 – 韩国 – 现代 Ⅳ . ① I312.645

中国国家版本馆 CIP 数据核字（2023）第 027605 号

责任编辑：李　壬　　　　　　　　封面插画：Starry 阿星
责任校对：宋　玮　　　　　　　　内文排版：蚂蚁王国

出版发行：化学工业出版社（北京市东城区青年湖南街 13 号　邮政编码 100011）
印　　装：三河市双峰印刷装订有限公司
880mm×1230 mm　1/32　印张 8¾　字数 180 千字　2024 年 1 月北京第 1 版第 1 次印刷

购书咨询：010-64518888
售后服务：010-64518899
网　　址：http://www.cip.com.cn
凡购买本书，如有缺损质量问题，本社销售中心负责调换。

定　价：49.80 元　　　　　　　　　　　　　　版权所有　违者必究

目录

序章　达勒古特的阁楼

在达勒古特梦百货店南边一公里左右的住宅区里，佩妮正和父母一起吃晚餐，庆祝自己在梦百货店一楼服务台工作一周年。

"工作一年了，辛苦了。真为你自豪，佩妮。这是我们准备的礼物。"

佩妮爸爸费力地把大概十本书放到了餐桌上，都是一些提升职场新人能力的书籍和随笔。

"不知道有没有时间把这些书全看完，我的一天可没有四十八个小时。"

佩妮一边解着粗绳子系成的蝴蝶结一边说。

"我有个好消息。我已经工作一年了，现在是国家认可的'梦产业从事者'了。"

"那意味着？"

"是的，对！听说会得到一张可以进入西边产业园区的出入证。而且明天每个人都要单独进行年薪协商。说不准明天年薪协商时，达勒古特先生就会把出入证给我。现在真的感觉自己是梦百货店的一员了。"

"我这辈子都羡慕那些乘坐上班列车出入产业园区的人，没想到我的女儿也可以去了……"

爸爸的眼睛和佩妮的长得一模一样，他看着女儿，激动得说不下去了。

"比起在产业园区工作，在达勒古特梦百货店工作更好。他们说你要去产业园区做什么了吗？"

妈妈擦了擦嘴角上沾着的奶油酱，问道。

"不知道。出外勤，应该会去见制作人吧。我以前还去过雅斯努兹·奥特拉家。很多制梦公司和制梦人都在产业园区，我可能会去跑跑腿。"

佩妮曾去过传奇制梦人之一的雅斯努兹·奥特拉家取体验版的"别人的生活"。

"曾经的那个小不点什么时候都这么大了……但你不能在那里闯祸啊。"

"就是，现在不能再像去年那样犯大错了，要一直保持清醒……"

佩妮点点头，快要被噎着了。不久前，父母的唠叨突然开始增加了。因为警察给家里打了电话，说抓获了偷走"心动"的犯人，要确认一下被偷的东西。那个电话偏偏被佩妮的妈妈接到了，所以佩妮只得说出在上班的时候被偷了一瓶"心动"的事。从此以后，父母就不停地唠唠叨叨，佩妮的耳朵都快磨出茧子了。于是她决定不再跟他俩说工作上的事了。

佩妮艰难地承受着猛烈的唠叨风暴，感觉自己成了一只可怜的鹦鹉，虽然身体已经长得快有鸟笼一样大了，但还从未飞出过鸟笼。她只得反复说："别担心。""我又不是傻瓜。"她从座位上站了起来，脸色比吃饭前还要苍白。

"你们慢慢吃吧，我回房间了。"

佩妮抱起父母送的一堆书走进房间，哗啦啦地倒在书桌上。书架上已经没有空当放新书了。她想了一会儿，果断地挑出了那些找工作的时候做过的习题集。

"现在可以扔掉了。"

佩妮打开了一本没有做完的习题集，心想如果能把答案擦干净，还可以卖给需要的人。可惜每道题都用圆珠笔画了线。她失望地翻着习题集，视线停在了有作答痕迹的最后一道题上。

正是一年前专心准备面试时，她的朋友夜行兽阿萨姆在咖啡厅二楼告诉她正确答案的那道题。

Q. 从下列选项中选出在 1999 年"年度佳梦"颁奖典礼上获得评委一致好评、荣获大奖的梦及其制梦人。

a. 奇科·斯莱姆博——"横跨太平洋的虎鲸之梦"

b. 雅斯努兹·奥特拉——"一周父母梦"

c. 瓦瓦·思丽普勒——"游走宇宙，眺望地球之梦"

d. 都杰——"和历史人物品茶座谈之梦"

e. 阿加纳普·可可——"难孕夫妇的三胞胎之梦"

一看到这道题，当时的情景便如同昨天刚发生一般清晰地浮现在眼前，佩妮清楚地记得正确答案。

"答案是 a，奇科·斯莱姆博十三岁时的处女作。"

佩妮露出自信的微笑，喃喃自语道，然后"啪"的一声合上了习题集。

从那天在咖啡厅准备面试开始，过去一年中发生的事情迅速地在她脑海中一一掠过。想到自己这一年过得比任何时候都充实，佩妮心里感到非常满足。她觉得自己已经慢慢熟悉了服务台的工作，而且还学到了很多东西，比之前自信了不少。

佩妮并不知道自己所了解的，只是发生在梦百货店的一小部分事情而已，她哼着歌整理着书架。

佩妮进入公司一周年的庆祝夜就这样落下了帷幕。

***

此时，梦百货店的老板达勒古特正在自己的阁楼里。他的阁楼位于古色古香的木制建筑、每层都出售各种梦商品的"梦百货店"顶楼。

这间位于五楼打折区之上的神秘阁楼，外表看上去只是在尖尖的三角屋顶上开了一个小窗户，不太适合人居住。实际进去一看，空间比在外看到的要大得多，不过与达勒古特的名声相比，这个住处无疑有些简陋。虽然有人问过达勒古特，是否想和其他知名制梦人或大型梦商店的老板那样，住在豪华的房子里，他却说并不想离开这个按照自己喜好布置的地方。而且从这里去一楼的办公室上班还不到三分钟，这点让他非常满意。

尤其是在阁楼的正中间，床头对着床头放着的四张床，这四张床无论是床架、床垫的高度，还是床上用品的材质都不一样。他亲自订制的床帐从天花板垂下来，很有立体感，自然地包裹住了四张床。无论躺在哪张床上，他都觉得既安心又不压抑。

达勒古特摆放四张床，是为了根据每晚想做的梦的氛围，而挑选不同的床睡觉。这是他简洁的日常生活中最花心思的地方。与此相反，除了床以外的东西他都不太在意。老家具变了形，柜门不好打开了，家电产品小故障不断，正在丧失一个个功能，窗框上的漆也都斑驳脱落了，甚至房门前的感应灯还会无缘无故地开开关关，但达勒古特根本不在乎这些。

傍晚下班之后，达勒古特就一个人宅在阁楼里。他穿着衬衫样式的睡衣，坐在四张床中最矮的那张床的床尾，一口气读完这周收到的三十多封来信，打开了的信散落了一床。

产业园区备受期待的新人精英相聚在一起！

科研人员出身的制梦人着手开发"双人梦"。

"晚安，梦里见"即将成为现实！

我们特向达勒古特先生提供本次新作的独家销售权……

总是有很多提案想将新产品独家供货给达勒古特梦百货店，他们想用与"梦百货店"签订独家合同的方式吸引投资者的关注，经常在梦完成之前就把这种信件寄给达勒古特。但是，达勒古特不可能不知道，这些梦几年来迟迟没有进展，一直停留在开发阶段。

达勒古特百无聊赖地打开了最后一封信，那封信正是他盼望已久的。他的脸上露出了喜色。

达勒古特先生，您寄来的活动计划书我已经看过了。

非常有意思啊！我很想参与。

我马上让职员把可以赞助的物品目录给您送过去。

——床之城家具店

其实，最近达勒古特所有的精力，都放在了秋天即将举办的某个"大型活动"上。达勒古特这个野心勃勃的计划，连店里的职员都不知道。

幸运的是，陆陆续续收到了相关企业肯定的答复。照此下去，几个月后就可以向职员们传达那个令人怦然心动的消息了。

他读完最后一封从床之城家具店寄来的信，挺了挺酸痛的腰，站了起来。现在的他根本不想去收拾胡乱扔在床上的信件。

"什么时候收拾东西会轻松些啊……周末得进行大扫除了。"

他没有马上打扫卫生，而是走到铺满了整面墙的书架前，想找些入睡前在床上轻松阅读的读物。和他的视线差不多高的位置上，按顺序摆放着标有年份的日记本，达勒古特从中取出了写着"1999 年"的某一本。

"好，在举办活动之前读一下顾客们以前的日记也挺好，应该会有帮助的。"

日记本很旧，是用结实的绳子把大小参差不齐的纸张装订而成的，外面还包了封皮。厚纸制成的粗糙封皮上留下了斑驳的岁月痕迹，封皮中间用黑色墨水写着"1999 年梦日记"几个字，这是达勒古特本人的笔迹。他过去和现在都喜欢亲自动手写东西或制作东西。与之相反的是，对达勒古特来说，操作机器最为困难。百货店的所有职员都知道，就连打印机这样比较简单的机器也经常被他弄坏。

达勒古特用一只手拿着旧日记本，一下子钻进离门口最近的那张床的被子里。被褥软绵绵的，他的每一寸肌肤仿佛都被紧紧地裹住了。打开日记本刚翻了几页，困意就上来了。他用长长的手指揉了揉眼角想再坚持一会儿，但身体状态却不允许。店里的事多，他又一个人悄悄地准备活动，今天的体力好像都用完了。

"年轻的时候体力好得很……"

他深深地叹了一口气，说着说着就打起了哈欠。哈欠一个接着一个，眼泪也断断续续地流了下来。现在最好美美地睡上一觉，明天还要和职员们协商年薪，日程安排得满满当当的。他改变了主意，决定以后再拿零碎时间看日记。

达勒古特把打开了的日记本放在床边的圆形床头柜上，轻轻拉了拉垂下来的长灯绳，头一沾枕头就呼呼睡着了。

现在，漆黑的阁楼里只有达勒古特低沉深长的呼吸声和时钟的滴答声。房间渐渐被黑暗吞噬了，窗边的月光柔和地洒落在房间里的每个角落，风从窗户缝隙里呼地一下吹了进来。门口坏了的传感灯又亮了起来。传感灯朱红色的光和窗户上的月光重叠到一起，正好照在达勒古特翻开放在床头柜上还没来得及读的日记本上。

1999 年 8 月 20 日

我刚刚做了一个梦，好像应该把这种生动的感觉在消失之前记录下来。

在梦里我是一头巨大的虎鲸，从海岸出发，正渐渐地游向远海。在梦中，我根本不担心无法呼吸时咸涩的海水冲进鼻腔的痛苦，也不担心被海浪卷走了能否获救之类的。这种沉浸其中的逼真感是这个梦最令人惊叹的部分。

在奇科·斯莱姆博的梦中，不是那种无处立足的危险的自由，而是所有人都渴望的安全的自由。水越深，越有种回家的感觉。

我感受到了从背鳍连到尾巴的肌肉。我把尾巴向下猛击一下，再抬起来，瞬间就加快了速度。现在，海平面成了世界的天花板，在白色的肚皮下，我的世界比天空还深远。

看也不用看，所有的一切都会先被身体感知。我冲动地跃上水面，根本不觉得自己会做不到。流线型完美的身体轻松地踏着水面飞了起来，大胆地飞越到了上空。

这时，突然全身有一种战栗的感觉，也不知道这种感觉是不是自己的。我开始担心从远处海岸游过来的自己。我努力地游，不让自己停下来，把这种突然冒出来的感觉淹没在汹涌的波涛之中。

"那里不是我该待的地方。"

当自己习惯了这种极致的感觉，有了一种"我真的是头虎鲸吗？"的错觉时，就开始清醒了。感觉自己既不是虎鲸，也

不是人，随着两个世界短暂重叠后又完全分离，我从梦中醒了
过来。

现在的我能梦到年仅十三岁的少年奇科·斯莱姆博的梦似
乎是命运的必然。这位天才少年年底说不准会成为最年轻的大
奖得主。

但是我应该不会亲眼看见那样的情景了……

这个理想太危险了……

在展开的日记本上只能看到这些内容。坏了的传感灯灭了，
阁楼又黑了下来。

这篇作者不明的日记，与达勒古特的老家具和乱七八糟的杂
物放在一起，营造出一种微妙的气氛。这与二十四小时不断有顾
客来买梦的明亮、活力满满的楼下的梦百货店截然不同。

1. 佩妮的第一次年薪协商

　　这是三月最后一周的星期五，不知不觉间，新年已经过去好多天了。餐车里煮着洋葱牛奶，香喷喷的味道浸透了寒夜的空气，把街道的每个角落都烘暖得软绵绵的。前来买梦的顾客们轻松地漫步街头，心情就像盖着暖和的被子，只把头微微露在凉爽空气中那般惬意。

　　达勒古特梦百货店一楼大厅里顾客依然络绎不绝。夜班职员刚上班正要开始工作，却不见已经在服务台工作了一年的职员佩妮。她并没有下班，而是在百货店门口右侧的职员休息室排队等着协商年薪。

　　用力往里推开拱形的木门，佩妮和她在五楼工作的同学牟太日，还有其他几名职员正一起待在休息室里。休息室其实只是位于百货店一侧的一个小房间，但职员们都非常珍惜这个可以安心休息的空间。

休息室里特有的黄色灯光、缝好又开了线的靠垫、某人小声的哼唱、拉动椅子的声音，还有小冰箱和咖啡机运转时发出的轻柔的白噪声，一切都有种亲切的熟悉感。佩妮觉得，这里就像是她学生时代经常待着的社团活动室一样，让人舒服又放松。

"前面还剩几个人才能轮到我们？"

佩妮坐在沙发对面的扶手椅上，问旁边的牟太日。

"现在谈着的是维戈，下一个是斯皮多，然后是我，最后是佩妮你。没剩几个人了。"

"本来以为能在下班之前结束，看来要耽搁一会儿了。"

佩妮看着墙上的表，伸了伸懒腰。

"达勒古特先生今天也很忙，没办法。他最近一直很忙啊。早知道这样，就在焦炭谷买个面包来了。好像没法按时吃晚饭了。"

牟太日拍了拍贴身针织衫里鼓出来的胖肚子，咂了咂嘴。

他们之所以还没下班，是因为都在排队等着年薪协商。这是佩妮工作一年多来第一次正式的年薪协商。虽然她感觉自己像是突然间长大了，十分得意，但丝毫也没期待会涨年薪。

事实上，面对年薪协商，佩妮想起去年这个时候一瓶"心动"被偷的事，心情又复杂起来。戏剧性的是犯人恰好被抓，被偷的物品也被查获，当得知这一消息时，她高兴得都要跳起来了。只是后来才知道，在抓捕犯人时立了头等功的举报者居然是斯皮多，大家也都知道了这件事的来龙去脉。每次碰到斯皮多，佩妮就不得不面对"不用那么感激我"这种让人很有负担的表情攻击。尽管如此，不利于协商年薪的因素已经消失了，这点还是给了她很大的安慰，自然也就不再奢求什么了。

在镶嵌着零星水晶的吊灯下面，坐着三楼的职员萨茉和同楼层的经理莫格贝里。跟三楼的其他职员一样，萨茉也系着按照自己喜好改制的工作围裙，围裙下摆被完全拆开放了下来，比其他职员的更长一些。坐在萨茉对面的莫格贝里，为了遮盖脸上的红晕涂了厚厚的腮红，在黄色的灯光下她的脸庞更加显眼。

虽然两人已经协商完了年薪，但都没有回家，而是留在休息室里狂吃零食。硕大的零食筐里，类似"身心安定曲奇"这样的高级点心早被一扫而空，只剩下一把毫无效果的硬币模样的普通巧克力。

萨茉把一套测试性格类型的卡片在木桌上摊开，向莫格贝里提问。

"好了，让我们来确认一下结果吧！莫格贝里，你是热情的活动家！属于'大弟子'类型。这个结果已经是第三次了。"

莫格贝里忽闪着双眼用力地点了点头，对结果非常满意。

"再做一次会不会也是一样呢？"

当她执意要再做一次时，萨茉的大长鼻子不自在地抽动了一下。

萨茉的卡片是以"时间之神与三个弟子的故事"为主题制作而成，主要用来测试某个人的性格更类似哪个弟子。这是年初书店购买 10 戈登以上的书时送的赠品，它的设计很能刺激人的收藏欲望，所以曾经一度卖断货。佩妮也曾想加点钱买二手的，不过后来又没买，所以她一眼就认出来了。

"牟太日，你要不要也试一下？"

萨茉又再次摊开卡片问道。她好像开始对莫格贝里不耐烦了。

"算了。不管测不测，我应该都属于'大弟子'类型。因为我是一个未来主义者。"

牟太日生气蓬勃地回答道，然后猛地站了起来，把零食筐里剩下的巧克力都拢了过去，分了一点给佩妮，又重新坐了下来。

"佩妮，你说过是和父母一起住吧？你不需要告诉父母一声今天要晚点回去吗？"

牟太日一边剥银色的巧克力包装纸一边问。

"刚才我跟他们说了，让他们先吃晚饭。"

佩妮并不讨厌结束工作后在休息室里无所事事地待着。想到可以在下班路上去食品店买个不放蔬菜的胖胖的炸鸡三明治，晚上边看电视剧边吃，反而非常兴奋。如果回家早了，很明显父母会在吃晚饭的时候不停地问："年薪协商得怎么样？""有没有被上司训啊？""接待顾客有没有犯错？"……

过了一会儿，休息室沉重的门缓缓地开了。本以为是维戈·迈尔斯早早结束了年薪协商，来喊下一个人的，进来的却是斯皮多。

销售"午觉梦"的四楼经理斯皮多是大家公认的急性子，做事也很快。他一身四季常穿的连体裤，扎了一个长马尾，用一只胳膊抱着几个厚厚的文件夹站在门口，环视了一下休息室里的人。

"维戈先生还没结束吧？"

"对，还早着呢。"

佩妮随口答道，马上就意识到自己不该回答。

"佩妮，你不用那么认真回答我。这里除了你，不是还有其他人吗？知道你感激我帮你抓住了偷走'心动'的犯人，不过……"

"我只是无意地回答了一下。"

佩妮刚回了一嘴，斯皮多就一脸慈祥，似乎在说"你不好意思才这么说的吧？"，一下子跨坐在沙发另一头。

"啊，对了！莫格贝里小姐，装修工程顺利结束了吗？"

佩妮尴尬地咧嘴笑了笑，避开斯皮多的视线，机智地转换了话题。

"你不是说在窗户上费了很多心思嘛。"

莫格贝里为了重新装修自己独住的房子，最近一直住在她姐姐家上下班。她姐姐家离佩妮家不远，所以两个人经常在上班路上碰到。佩妮听说几天前她的房子装修完了。

"佩妮，你还记得啊。没错，我很喜欢那个窗户！下了很大的决心，把窗户开得很大，连西边的'惊险下坡'也能看得很清楚。真是壮观啊，尤其是天气好的时候。"

"那你能看到进出产业园区的上班列车了，太棒了！"

"要的就是这个效果。在休息日惬意地躺在家中，看着那些去产业园区上班的人，休息的乐趣马上翻倍。"

莫格贝里回答得很兴奋，好像是在专等别人这么问她似的。萨茉趁着莫格贝里把注意力转移到了别的地方，开始整理自己有些厌倦了的类型测试卡。

梦百货店和许多商店都坐落在中心街上，街南边是佩妮家所在的一个很大的住宅区，北边是圣诞老人尼古拉斯居住的万年雪山，东边是雅斯努兹·奥特拉这种名人居住的高级住宅区和他们的个人梦工坊，西边就是"惊险下坡"，一个十分惊险的陡峭下坡。

从下坡经过山谷，再向西爬上一个陡峭的上坡，就会出现一片巨大的区域，那里聚集着很多以企业形式运营的"制梦公司"，人们称之为"产业园区"。

由于地形险峻，从其他方向绕行又太远，在那里工作的上班族通常乘坐直达产业园区的上班列车。列车每天载客数十次，沿着上坡和下坡的铁轨行驶。

"佩妮、牟太日，你们还没坐过上班列车吧？"

莫格贝里刚一问完，牟太日马上摇了摇头。

"我坐过一次。听说穿睡衣的外部顾客坐车不需要经过特别确认，所以我就和村里的朋友穿上睡衣一起试着坐了一次。不过马上就被列车长抓了个正着，只坐了十秒钟。"

去产业园区的上班列车并不是谁都可以乘坐的大众交通工具，需要一个"梦产业从业人员"的身份证明，比如制梦人执照，或者园区内公司的工作证。梦百货店的职员也要在公司工作一年后才能被认可为梦产业从事者，获得出入证。

"牟太日不是已经工作一年多了吗？"

三楼的萨莱惊讶地问道。她正在把整理好的类型测试卡放进专用的盒子里。

"去年夏天我就工作满一年了，但听说出入证每年三月才统一发放，所以一直等到现在。佩妮，你说你工作才勉强满一年吧？"

"到昨天正好一年。都是运气好，如果再晚一点进公司，说不准还要再等一年。"

佩妮舒了一口气，把悬着的心放了下来。

"这些毛孩子终于要尝到'投诉管理局'的厉害了。"

一声不响的斯皮多突然插了一句。他一直急躁地抖着双腿，飞快地浏览着带来的文件。

"不该说的别瞎说，别抖腿了，斯皮多。"

莫格贝里斥责道。

"这不该说吗？莫格贝里，你也知道拿到产业园区出入证意味着什么。给他们做出入证难道是为了让他们坐火车玩，去制梦公司兜风吗？"

"即便如此，也没必要现在就说这些让人头疼的事啊。"

"不是为了体验坐火车或参观制梦公司用的吗？"

牟太日听完两位经理的对话，仿佛受了很大的冲击。

"你真是太乐观了，牟太日。斯皮多说得对，你们拿出入证主要是去产业园区中央广场的投诉管理局。"

"不能去其他公司参观吗？"

牟太日失望地用两只胖手抱住脑袋。

"为什么要参观其他制梦公司呢？你们能进去的地方只有

投诉管理局，最多还能去它上面的测试中心。和制梦公司就投诉问题召开令人头疼的会议时，主要在那里见面。"

"那投诉管理局是干什么的地方呢？"

佩妮镇定地问。

"与其听我们解释，不如去看看。我还清晰地记得第一次跟着达勒古特先生去投诉管理局的时候……那个地方虽说卖梦人都必须得去，但还是尽量不要去。怎么说呢，那个地方让人很不舒服。"

莫格贝里的眼角阴郁地垂了下来。

"你们到现在只看到过哈哈大笑的顾客吧？你们也赶快把投诉管理局的麻烦事弄清楚，这样才会意识到我这位斯皮多先生有多么了不起。去年我卖的'午觉梦'接到了这么多投诉。"

斯皮多指了指刚才一直在看的厚文件。

"斯皮多，你把一年解决的投诉整理出来，是为了在年薪协商的时候拿给达勒古特先生看吗？"

莫格贝里吓得张大了嘴。

"回答正确，莫格贝里。我全部打印出来做成了文件，让他一下子就能知道我有多么辛苦。想听听这里面有多少荒唐的投诉吗？不是，说实话，有人投诉'上课时趴着做梦，说了梦话，被朋友们嘲笑'，我还能理解。但是有人投诉'睡午觉的时候做的梦太好了，一直睡到了傍晚，导致晚上睡不着'，这到底是想让我怎么办呢？一想到我为此苦恼了几天……"

"不就是因为解决了这些问题，你才成为四楼经理的吗？达勒古特梦百货店楼层经理的头衔不是谁都能拥有的，那是一段伟大的经历。"

萨茉托着下巴听着，非常羡慕。

斯皮多说话像机关枪一样快，佩妮连一半都没听懂，但她也认为只有斯皮多才能处理那么多事情。

"经理们的年薪协商才是真正意义上的'协商'，这种协商好像离我还很遥远。我只要在达勒古特先生出的价钱上签字就好了。"

很快就要轮到自己年薪协商了，佩妮突然觉得有些担心。

"没关系的，你只工作了一年，达勒古特先生也不会有太大期待，可能就想知道一下你今年的计划。"

萨茉安慰佩妮说。

"计划……我可以说计划就是把现在的事做得更好吗？也就是说在服务台接待一下顾客、管理好库存、做些韦德阿姨安排给我的事。除此之外，我从来没有认真想过要做什么。"

"这个计划也很好，但你不觉得无聊吗？要是让我每天都在同一个地方做安排好的事，我可能会无聊得疯掉。"

牟太日打了个寒噤，又换了个姿势坐下。

"感觉你在五楼工作一点都不无聊啊。"

在五楼打折区，牟太日卖梦吆喝得最厉害，早已名声在外。看着他跑来跑去地招揽顾客，不停地说着准备好的广告词，佩妮也会马上产生一种要买打折梦的冲动。

"牟太日，你有什么有助于年薪协商的计划吗？"

"我有一个远大的计划。"

"什么计划？"

"我觉得……五楼也应该慢慢有经理了。"

牟太日害怕被别人听到，完全靠在了佩妮坐的椅子的扶手上，用几乎听不到的声音说道。

"你看莫格贝里小姐，那么年轻不就已经当上经理了？说不准哪天我也能成为五楼的经理。不管怎么说，我挑选商品的能力可厉害着呢。当然，透露这种野心还为时尚早，但总有一天……"

牟太日就像一个参加演讲比赛的小孩子，自信地攥紧了拳头。

他并不是吹牛。他眼光独到，非常擅长挑选畅销的梦商品。他推荐的新商品，即使不大卖，也不至于积压库存。年底可以用达勒古特给的商品券任意买一个梦的时候，职员们也都会说"如果不知道买什么，就跟着牟太日买吧"。

"对，你挑梦的眼光真的很好。"

佩妮对牟太日的言语稍微有些震惊，为了不表现出来，连忙用称赞应付了过去。不管怎么说，同龄的牟太日想要领先，对她来说，无疑是一种不安的刺激。

"为什么没有早点意识到呢？"

佩妮茫然地认为今年也会和去年一样，但也不能一直只听韦德阿姨的安排做事。不能再期待躲在"新职员"这个无敌的盾牌后面，所有的事情便会自行解决，如果还是以新人自居，只会跟牟太日这种有自我规划的职员差距越来越大。

佩妮正为着能拿到产业园区的出入证在那里瞎兴奋呢，突然遇到了残酷的现实，顿时就焦虑得口干舌燥。

休息室的门又开了，这次才是维戈·迈尔斯。他是二楼"平凡的日常生活"区的经理，总是一副木讷表情，很难让人猜出他的心情是好是坏。所以无法通过他的表情推测年薪协商的成败。

他对斯皮多说："轮到你了。"斯皮多立马一脸悲壮地把文件夹在腋下，朝达勒古特的办公室走去。维戈·迈尔斯也想转身离开，莫格贝里却叫住了他。

"维戈先生也做一下类型测试吧！我很好奇您是什么类型，就是测试您和《时间之神与三个弟子的故事》中哪个弟子的类型相似。"

莫格贝里天真烂漫地重新拿出盒子里萨莱放好的卡片。

"我不感兴趣，人的类型又不可能只有三种。"

维戈傲慢地回了一句。

"发什么脾气啊,就是玩玩。那我看看,佩妮!你要试试吗?"

"嗯?嗯,嗯。"

佩妮正在想别的,鬼使神差地答应了。

莫格贝里立刻兴致勃勃地坐到佩妮面前,铺开了卡片。一共二十五张卡片,每张都画着不同的漂亮图案,四角和放在对角线上的卡片相连。横竖各五排,将卡片全部铺开,然后按照答案对应的顺序将卡片叠放起来,根据选择的答案决定哪一张卡片放到最后。

"还挺像模像样呢。"

维戈·迈尔斯并不像自己说的那样不感兴趣,他没有出去,而是站在佩妮身后偷偷观看。

"来,开始了。回答完我所有的问题,就会出现这三张卡片里的一张。"

莫格贝里一边说着从萨茉那里学的词儿,一边指了指稀稀拉拉摆放在最下端的三张半透明的华丽卡片。

最左边的卡片边框画着一串串水果,边框里面画着一个老奶奶面向亮光伸出手的背影,一眼就能看出画的正是制作"胎梦"的阿加纳普·可可;中间卡片的底色像洞穴一般漆黑,上面一颗颗小晶石像星星一般闪闪发光,一个小个子男人向着那闪耀的光芒伸出了手;第三张卡片上画着梦百货店前站着一个酷似达勒古特的男人。

佩妮正想问第二张卡片上画的是谁,莫格贝里拿起卡片,把它翻了过去。

她拿起问题列表开始了测试。

"你一个人的时候,会经常沉浸在回忆中吗?"

"嗯……是的,是那样的。"

"你认为以前的事情对你的影响大吗?"

佩妮想起斯皮多那让人有负担的微笑,那个微笑最近一直在折磨她。

"是的。"

"好的。你不安于现状,乐于挑战新事物吗?"

"不是……好像不是。"

随着一个个回答,铺开的卡片渐渐被收拢到了一起。接着,佩妮回答了最后一个问题。莫格贝里慢慢地翻开了牌。

"你是……亲切的思考家!属于'二弟子'类型。你还是我们中的第一个!"

佩妮接过莫格贝里拿着的卡片,仔细看了看。画的上沿写着一些很小的字,那是她也很熟悉的《时间之神与三个弟子的故事》中的语句:

"二弟子认为拥有了对往事的回忆,才不会有所遗憾、感到空虚，才能永远幸福。时间之神把过去交给了二弟子，同时也赋予他能够长久记忆的能力。"

"那谁是二弟子的后代呢？"

佩妮问起整个测试过程中她一直好奇的地方。

"故事里说他藏身在洞穴之中了，但谁都不知道那之后怎么样了吗？"

"这个嘛，最近不是也没有人好奇嘛，太久远了。你不是去年才知道大弟子的后代是阿加纳普·可可嘛。达勒古特先生原本就很有名，但那是因为继承了代代相传的百货店。好像也有传闻说二弟子的后代躲在某个地方隐姓埋名专心制梦，也有人说已经去世了，但都不太确定。"

"阿特拉斯。"

莫格贝里的话刚说完，维戈·迈尔斯说出了一个名字。

"什么？"

"二弟子的后代是阿特拉斯，记住他的名字。"

他气鼓鼓地说着，用力拉开了门。

"那我就先走了，大家办完事就别聚在这儿了，快回家吧。"

维戈刚出门，协商完年薪的斯皮多就跑着进了休息室。

他迅速结束了协商，时间和去了趟厕所差不多长。轮到牟太日了，他慌慌张张地从座位上站起来。

在牟太日的年薪协商快要结束的时候，佩妮提前从休息室出来了，在达勒古特的办公室前徘徊等待着。大厅里有穿着睡衣的外部顾客，还有很多下班时顺路进来的其他城市的顾客。

刚才的类型测试结果像杂质一样飘浮在佩妮的脑子里。如果牟太日接受测试，应该是属于象征未来的"大弟子"类型。如果说牟太日天生目的性强、积极性高，那属于"二弟子"类型的我，优点是什么呢？故事中二弟子拥有"长久记忆的能力"，这个能力什么时候有用武之地呢？她只想到了在考背诵科目的时候可能会有用。虽然知道人的类型正如维戈·迈尔斯所说不能只分为三种，但一些不着边际的想法还是接二连三涌了上来。

佩妮陷入了沉思，连门开了都没有察觉到。牟太日协商完年薪出来，见佩妮呆呆地站在门前，奇怪地看看她。

"佩妮，你没事吧？"

"啊，你结束了啊！我没事，没什么。"

"那就好，快进去吧。"

牟太日亲切地扶住门，他看起来心情很好，看来他很满意年薪协商的结果。

"谢谢你，牟太日。"

佩妮刚走进办公室，坐在桌子对面的达勒古特便抬了抬手对她表示了欢迎。达勒古特穿着一件黑白色毛线混织的毛衣，款式就像他黑白混杂的半卷头发。

"等了很久吧？真的很抱歉。快坐下吧。"

"没关系，达勒古特先生。"

达勒古特拿起了一副平时不常用的细框老花镜。他戴着眼镜显得比平时更有洞察力。虽然他看似在彻头彻尾地公事公办，但办公室里还是到处洋溢着人情味。

经常出毛病的旧式打印机今天也闪烁着红色警示灯；大大的书桌上乱糟糟的，摆放着等待批改的文件、翻扣在桌上的旧日记本和喝剩的饮料等各种杂物。

"据说有些人在稍微混乱的状态下反而会很舒服。"

达勒古特泰然自若地说，好像他知道佩妮正在想什么。

"你今天不需要身心安定曲奇了吧？"

"当然。"

佩妮努力装出一副悠闲的样子，微微一笑。

"好，这是一楼服务台职员佩妮第一次年薪协商，让我们回顾一下过去的一年吧？"

达勒古特开始寻找那张可能被放在桌上某处的写有佩妮信息的纸。他把压在笔筒下面的那张纸抽了出来，胳膊肘差点碰倒了喝剩的饮料。幸运的是，不安地看着饮料瓶的佩妮迅速抓住了瓶子，没有让它倒下，另一只手拿起差点被弄湿的旧日记本。幸亏佩妮出手快，日记本完好无损。

"谢谢你，佩妮。"

"您客气了。"

佩妮把日记本放回桌子上。只见粗糙的纸质封皮上写着"1999 年梦日记"几个字。

"1999 年的梦日记……是达勒古特先生的笔迹哦。您写梦日记吗？"

佩妮已经非常熟悉达勒古特的笔迹，一眼就认了出来。

"啊，这里面的内容不是我写的，虽然是我加上了封皮，做成了日记本。我制作这个是为了保存外部顾客睡醒后写的梦日记。本来想有空的时候看的，但是今天也还是没时间。"

达勒古特微笑着用食指轻轻触碰了一下日记本的封面。

"您是说外部顾客会写梦日记？"

"不是可以通过梦费支付系统看到顾客写的简单评论吗？这就是里面那些特别长、特别详细的评论，你这么想就容易理解了。"

"做完梦后写日记……太棒了。普通顾客应该很难记住梦的内容。"

"好像是他们刚起床，趁记忆还没消失，看到哪儿能写字，就在那个地方记录下来的。但据说很少有人能这样，因此梦日记很珍贵。所以我每年都会把收集的梦日记单独整理起来，对我们这些直接跟顾客接触的人来说，没有比这更珍贵的资料了。"

佩妮很想知道顾客在遥远的 1999 年都留下了什么样的梦

日记，不过达勒古特却把日记本放进了书桌抽屉里。

"又扯到别处了，今天不该谈顾客，应该谈谈佩妮你。"

达勒古特拿起一张写满东西的纸，先自己看了一遍。佩妮紧张地咽了一口唾沫，不知道他会对她做出什么评价。

"让我看看。韦德说你很可靠，夜班的穆德也说你做事利落，很喜欢你。当然，身边人的意见最重要了。"

佩妮松了一口气，在心里感谢韦德阿姨和穆德。

"啊，还有个东西要给你。"

达勒古特翻了翻下面的书桌抽屉，递给了佩妮一个东西，那是一张可以挂在脖子上的小卡片。

"达勒古特先生，这是……？"

在那张隐隐发光的特殊材质制成的卡片上，清晰地刻着"达勒古特梦百货店职员 佩妮"。

"产业园区的出入证出来了！谢谢您啊！果然没有忘记帮我申请。"

"当然了。你已经在店里工作满一年了，也可以出入产业园区了。你现在是真正从事梦产业的宝贵人才了。"

"听说拿到出入证要去投诉管理局？"

"哦，你已经知道了啊。顺利工作一年的职员，都要去那里看看。你就把这当作是我自己制定的教育课程，下周一跟我一起去吧。"

"投诉管理局是对梦不满的顾客进行投诉的地方吧？斯皮多好像是这么说的。"

"简单地说，就是这样。佩妮，你认为是应该把精力集中放在'从未来过我们店的顾客'身上呢，还是那些'不再光顾的老顾客'身上呢？我们店的生意如果要像现在这样兴隆，需要努力招待什么样的顾客呢？"

"嗯……招揽新顾客固然重要，把原来的老顾客再次吸引过来也很重要……但是，如果一定要选一个的话……"

达勒古特偶尔会突然问一些问题，往往让佩妮有些措手不及。而且他每次提这种问题时，黑褐色的眼睛里都生机盎然。

"我觉得老顾客很重要，可能是因为在服务台每天都会看到眼皮秤，已经有感情了。工作的时候，就感觉像和顾客们在一起。"

佩妮喜欢看老顾客们的眼皮秤顺畅运作的样子，喜欢听眼皮秤特有的咔嗒咔嗒声。当秤砣移动，顾客的睡眠状态变成了快速动眼期，立即推门进来时，看到他们那一张张熟悉的面孔，再也没有比这更令人高兴的事了。

"我也是这么想的。如果那些喜欢我们百货店的梦的老顾客突然不来了，问题会很严重。沉默寡言的顾客不会一字一句地诉说不满，而是直接就不来了。那些亲自来要求退款的顾客，我反而会非常感激。"

佩妮想起那些前来要求退马克西姆"克服阴影之梦"的顾客。达勒古特曾在办公室下面隐藏的投诉接待室里与他们交谈过。

"这时能帮助我们的机构就是投诉管理局了。哪怕是最容易忘记梦中内容的外部顾客，如果同样的不满不断累积，最终还是会找到投诉管理局。比起盲目地去买梦的地方要说法，这对他们来说是更好的方法。投诉管理局对这些事实进行数据管理和分析，并告知相关的商店和制梦人。确认投诉内容，妥善处理好不满事项，这是我和经理们的工作中最难的一部分。"

佩妮还是不太明白。

"对外部顾客来说，梦费也是后付的，这怎么会成为问题呢？不管怎么样，顾客不都是没有损失的吗？"

"这就是你今年要学习的内容。世界上有很多人会因为你不知道的原因而讨厌做梦。如果说推迟了睡眠时间而不来拿预约梦的'弃梦现象（No show）'是顾客们的冷漠，那么让他们去投诉管理局就是我们的冷漠。你慢慢了解吧。之前经历了那么多，你应该知道我全部解释清楚对你也没有什么帮助吧？"

"是的，但是……能挽留住老顾客吗？"

佩妮想从容地接受，但还是很不安。因为按照她的经验，自己决定不去的商店后来就再也没去过。

"每个顾客的原因各不相同。只要记住每个顾客的情况都不一样，也不是没有可能的。"

"我也想帮帮忙，哪怕能找回一位老顾客也好。"

"这是你今年的计划吗？"

"哦……其实是我刚想到的，但我是真心的。我希望我们梦百货店能像现在这样有很多顾客。您不知道我有多么喜欢这里。"

"那你和我今年的计划是一样的。"

"达勒古特先生，您打算怎么做呢？"

"嗯……我倒是有个计划，但现在还没有确定好，不能急着告诉你。还有很多事情需要处理。"

"您在计划一个特别活动啊！给我一点提示吧。"

"这个啊，当然是我和很多顾客都喜欢的活动啦，这是肯定的。"

"真的吗？"

"好了，回到刚才的话题。天啊，已经过了下班时间。赶紧签完年薪合同，我也要吃晚饭了。努力工作之后吃上一顿美味晚餐，真的很重要。让我看看……我觉得你的年薪这个数就可以了，怎么样？"

达勒古特在年薪合同上用钢笔写了一个数额，递给佩妮。这个金额比她想象的要多，佩妮努力克制了一下表情，不让嘴角上扬。达勒古特似乎把对佩妮今后的期待都提前反映到了年薪里。

"佩妮，我们赚的钱是用顾客宝贵的情感换来的，我们不能忘了它的分量。"

在佩妮签字的时候，达勒古特忠告道。

"好的，我会铭记的。"

在佩妮的眼中，年薪合同上的数字就像是来过百货店的顾客数，恰如其分的紧张感和令人愉快的干劲儿从脚尖涌了上来。

"那周一见吧。哎呀，差点忘了。你把这个也一起拿上，这是上班列车的时刻表。"

达勒古特拿出了一张时刻表，上面芝麻粒大小的字写得密密麻麻的。

"上班列车的运行时间以分钟为单位进行标记。7 点左右，在你家附近的车站上车吧。我要在百货店附近上车。"

"好的，周一见。"

佩妮走出达勒古特的办公室，好不容易在列车时刻表上芝麻粒大小的字迹中，找到了离家最近的车站，用红色圆珠笔画上了一个大圆圈。

食品店"阿德里亚厨房"车站，上午 6 时 55 分出发。

时刻表最下端用粗体字写着注意事项：

無梦之人

＊上班列车不是私家车，请按时乘车。

佩妮把出入证和列车时刻表放在手里盯了半天，用指尖摸着出入证上刻着的名字"佩妮"，露出了微笑。她有了一种彻底的归属感，也期待着能够看到比去年更广阔的天地，虽然还没吃晚饭，却像是吃饱了一样很开心。

佩妮把它们小心翼翼地放进手提包里，走出了百货店。现在商业街已经完全黑了，她迈着比平时更加轻快的步伐，轻松地朝街对面走去。

2. 投诉管理局

比起平日，星期一的早晨感觉更累。尤其是今天好像要下雨似的，天气又冷又湿，觉得更累了。

佩妮放弃了吃早餐，准点到了上班列车的车站。她用手确认了一下挂在脖子上的出入证是否还在，便把手又放进了大衣口袋里。她昨天晚上很晚才睡着，所以一直在打哈欠，打得下巴都有些酸痛了。

车站设在佩妮家附近山坡上一家叫阿德里亚厨房的食品店前，非常简陋。食品店一大早就敞开了大门，店里有很多为了早间打折而来的勤快人。

佩妮为了不妨碍出入大门的人，站在了离食品店稍远一点的地方。车站里有五六个比她早到的人，他们都十分一致地戴着耳机，双臂交叉抱在胸前，缩成一团，生怕有人跟他们搭话。

无梦之人

大家好像都想在上班前，轻松地度过一段属于自己的时间。

佩妮一想到马上要坐上班列车，就不由得有些兴奋，对真正的目的地投诉管理局却一点也不期待。只是这个名字所散发出来的办公氛围和政府机关特有的僵硬形象，让她稍微有点紧张。

再加上莫格贝里对于投诉管理局也提过称不上警告的警告。

"那个地方能不去我就不去。怎么说呢……那个地方让人心里不舒服。"

短短几分钟，车站周围就多了不少人。佩妮后边有一群人，正喝着散发出浓郁谷物香气的热饮在聊天。

"听说新上任的投诉管理局局长呀，一上任就把所有业务相关人员都叫到了一起。"

"当然会这样啦，接管了权力，自然就想把上一任所做的事情全部抹掉。这不是最充满干劲的时候吗？啊，好烫！"

声音浑厚的男人像是喝热饮呛到了，开始咳了起来。

"达勒古特梦百货店应该会变得很忙啊。"

佩妮竖起耳朵，聚精会神地听后面的人聊天。

"是啊。顾客多，投诉自然也会很多。"

"算了，我们还是担心自己吧。这次新产品系列如果不能进入达勒古特梦百货店就麻烦大了。不想从星期一就开始折腾。

哎呀，下雨了。"

天气本来就非常潮湿，果不其然，这会儿雨点开始滴落在佩妮的头上。为了避雨，人们悄悄聚集到了食品店的遮阳篷下。佩妮很幸运地挤到了广告牌旁边，又能避风又能躲雨。

> 塞奇夫人的"妈妈味道"番茄酱、"爸爸手艺"蛋黄酱
>
> 2021年新配方，味道和情感更加浓郁（含有0.1%的思念）
>
> 不会做菜也无妨，心怀思念便可以！
>
> 无论何时何地，尽可纵情再现令人怀念的爸妈手艺。

广告牌上，吃了蛋包饭的孩子们流下了感动的泪水，在他们身后，爸爸、妈妈拿着产品竖起了大拇指。孩子们前面的蛋包饭就是一团鲜红的番茄酱，几乎看不见黄色的鸡蛋。

佩妮觉得模特们的表情滑稽可笑，正在盯着看时，被前面为了避雨而往里退的人踩到了脚。但那人连声道歉都没说，只是戴着耳机随着节奏摇头晃脑。佩妮为了离他远点，就大步往旁边挪了一下，却撞上了什么东西，像被抱住了似的，感觉非常柔软蓬松。

"佩妮！这个时间你怎么在这里啊？"

原来是碰到了全身软乎乎的夜行兽阿萨姆身上。阿萨姆的两只前爪各提了一个大篮子，尾巴上竟然也挂着一个。

"阿萨姆，一大早就来买菜吗？我有事来坐上班列车。我的出入证也终于办出来了。我在梦百货店工作已经一年了！"

　　"已经过了这么久了？佩妮，我正好也有个好消息。过段时间我应该也会经常乘坐上班列车。我的经验这么丰富，又有了至关重要的那个条件，终于可以离职了。"

　　"离职？去哪里啊？"

　　"洗衣店啊！就是在惊险下坡下面的夜行兽洗衣店。夜行兽都梦想着在洗衣店里上班。在街头奔波给人们穿睡袍，这份工作不知不觉已经做了 30 年，资历早就够了，为了满足其他条件，等了好久……"

　　"什么条件？"

　　"来，看看这儿，是不是长了蓝色的毛？"

　　阿萨姆把挂着篮子的尾巴拉到身前给佩妮看了看。夜行兽一旦真正开始衰老，身上的毛就会慢慢变成蓝色。但不管怎么看，阿萨姆的尾巴一点也不蓝，仍然是比今天阴沉的天气更浓的灰色。

　　"哪儿变成蓝色了？"

　　"看这儿，尾巴内侧的毛不是正在变蓝嘛。"

　　阿萨姆扒开自己浓密的尾毛，把里面刚长出来的一撮指甲盖大小的蓝毛展示给佩妮看。它非常自豪，似乎那撮象征着衰老的蓝毛就是一枚勋章。

"你什么时候已经这么老了啊，阿萨姆？"

佩妮抚摸着阿萨姆的尾巴，伤心地说道。阿萨姆篮子里伸出来的一把长葱，时不时地戳着佩妮的肋下。

"对不起，佩妮，我虽然老了，但应该比你活得久。"

"什么？"

佩妮一边用手推开戳到肋下的大葱，一边反问道。

"不能拿人类的寿命和夜行兽比。我为了能在洗衣店工作，一直翘首以盼变老呢。总之，我先走了，回家吃了早饭还要接着工作呢。佩妮，列车马上就要进站了，我的脚掌已经感觉到了远处地面的震动。"

阿萨姆用毛茸茸的前爪重新把篮子挂到了尾巴上，左右摇晃着尾巴走了。可以理解阿萨姆期待在洗衣店工作这件事情。即使夜行兽比人的力气大得多，但每天背着堆积如山的睡袍和睡袜奔波于大街小巷也很疲倦。正如阿萨姆预报的那样，列车正从远处沿着铺在地上的铁轨驶进车站。分散在各处的人们在车站的站牌前排起了队。佩妮披紧衣襟，另一只手挡着往头上掉落的雨滴，混进了站成一排的人群里。

上班列车骤然减速，正好停进了车站。列车像游乐园的过山车一样没有顶棚。从驾驶列车的列车长座位后面开始，每一排可以坐两个人。列车长一拉上驾驶座上的手闸，齐腰高的座位门便向外打开了。

"本次上班列车 6 点 55 分从阿德里亚厨房车站出发，经停产业园区前的所有车站。如果想直达产业园区中央广场，请乘坐 8 分钟后的快车。"

列车长对着车站的乘客大声喊道。她看上去与佩妮年龄相仿，大概是接受了特殊的发声训练，她的声音穿过低沉的天气，响彻天空。

人们向坐在最前面的列车长出示自己的出入证后，便在想坐的座位上坐了下来。列车长确认了一下佩妮脖子上挂的出入证，抬起帽子看了看她的脸，点点头。

列车上有几个座位比其他座位要大得多，座椅套上印着"夜行兽专用座位"几个字。佩妮犹豫了一会儿，坐在了列车长身后第一排的座位上。

"呃，好湿。"

因为是开放式列车，座位上积了雨水，大衣的屁股部分被弄湿了。虽然有遮雨的折叠式防雨篷，但还没有打开。列车长听到湿了屁股的乘客发牢骚，这才漫不经心地拿起放在驾驶座旁边的弯铁棍，看也没看，直接勾住防雨篷的一角，巧妙地将其拉了下来。

除了几个留在车站里等快车的人外，每个人都占了一个座位坐下。确认完旁边没有别人坐之后，大家才放松了身体，舒舒服服地回到独享的世界里。

佩妮正要松口气,突然感觉有人在她旁边重重地坐了下来,她天蓝色大衣的下摆也被坐在了不速之客屁股下面。

"牟太日!你怎么在这儿啊?"

"还能因为什么啊?我在年薪协商时拿到了出入证,达勒古特先生说要一起去投诉管理局,你不也一样吗?"

"啊,你也说过是这次拿出入证,我忘了。"

"我出门出得早,看还有点时间,就从我家附近的车站走了过来,差点就把两边的车都错过了。"

牟太日轻轻抬起屁股,帮佩妮把大衣抽了出来。他刚坐稳,列车就开动了。

"牟太日,投诉管理局什么样啊?在远处看不太清楚,所以有点好奇。"

"听说在近处看,外观很特别,我真想快点去看看。比起投诉管理局,我更好奇那上面的测试中心。听说那里有制梦的所有材料,能当场制作出触觉或嗅觉,还能测试制作出来的梦的性能。"

牟太日真是无所不知啊。

"如果我们也能去看看就好了。"

他们还在交谈时,达勒古特在下一站上了车。他穿着防水材质的光面大衣,撑着一把紫色的雨伞。对列车长而言,达勒古特的那张脸似乎就是一张出入证，所以对他的出入证连查都没查。列车后方的一个陌生男人从座位上站起来，向达勒古特鞠躬行礼。

"好久不见了，艾里弗。听说你去年开始在斯林·戈洛克制梦公司工作了。"

达勒古特与陌生男人握手后，来到了佩妮和牟太日后面的座位。

"你们俩都没迟到，顺利地坐上车了啊，真是万幸！"

达勒古特把紫色雨伞上的水向列车外抖了抖，高兴地跟他们俩打招呼，正要在座位上坐下，列车却在准备出发时又紧急停了下来。于是，达勒古特打了个大趔趄。

四只身型巨大的夜行兽摇摇晃晃地跑了过来。它们全身覆盖着蓝毛，都抱着一个跟自己个头差不多大的洗衣篮。

"请早点出发，按时乘车。"

列车长当面责备了夜行兽。

夜行兽不需要另外检查出入证。它们把要洗的衣服从篮子里拿出来，堆在了空座位上，然后把空篮子摞起来，倒挂在了最后一排座位的靠背上。要洗的衣服看上去很重，洗衣店的工作貌似没有想象的那么轻松。佩妮开始担心阿萨姆是否知道这个事实。一只毛色特别蓝的夜行兽（可能年纪特别大），用前爪把似乎马上就要从列车上掉下去的衣物砰砰地敲了几下，整理平整。

列车在轨道上不停地奔驰着。牟太日自打坐上列车，就兴奋地说说笑笑，不停地闹腾，佩妮只能把身子紧贴在座位边上坐着。她的肩膀渐渐被遮雨篷上流下的雨滴打湿了。

不一会儿，上班列车驶离了市区，已经看不到其他车辆了。这时，向前方延伸的铁轨突然从视野里消失了。终于到达了只从远处看到过的惊险下坡。坡度太陡了，连向下延伸的下坡路都看不到。

随着列车一点点地靠近下坡，手心也开始不由自主地冒汗了。夜行兽要洗的衣物似乎全都要倾倒下来了，这列没有扶手也没有安全带的古董过山车，让人觉得太不可靠了。

"这个……应该没问题吧？"

牟太日不安的声音里更增添了一份紧张感。

佩妮看到坐在前面座位上的列车长从脚底下拿出一个小瓶子，然后打开方向盘旁边一个生锈的盖子，将瓶子里的液体倒了一半进去。列车紧接着"咣当！"一声，速度突然在进入下坡路之前急剧降了下来，车轮像是被什么东西抓住了一样，开始小心翼翼地往下驶去。佩妮看到列车长拿出来的瓶子上写着"反抗心"，她觉得列车长把用量调节得非常出色。

在长长的下坡路尽头，列车停了下来。他们现在进入了一处山谷里，两侧的岩壁巨大无比。

"现在的时间是 7 点 13 分，本次到站是'夜行兽洗衣店'。前往产业园区的乘客请待在座位上，不要下车。列车马上就要出发了。"

"洗衣店？洗衣店在哪里？"

佩妮东张西望起来，后座的达勒古特轻轻拍了一下她的肩膀。

"佩妮，看看后面。"

他们到达的铁轨旁边有一个豁然开朗的巨大洞穴。夜行兽们带着要洗的衣物下了车，往洞穴走去。岩壁上挂着一块摇摇欲坠的木牌子，上面歪歪扭扭地写着"夜行兽洗衣店"。

"牟太日，那种地方衣服能晒干吗？"

"不一定非得靠阳光晒干，应该有性能好的烘干机吧。"

牟太日毫不在意地答道。他对洗衣店不感兴趣，而是正盯着前方岩壁上窗户大小的洞看。他眯起眼睛想看得更仔细些。

"那个洞里好像有人。"

夜行兽全部下车之后，列车长又将列车往前开了三十米左右，那个洞的真面目才展露无遗。

那是一家在岩壁上凿洞建成的小卖部。分不清它是在本来就凹进去的空间里加入建筑材料建成的，还是故意在岩壁上打洞建成的。价目表挂在小卖部所在洞口的两侧，用的是跟洗衣店招牌类似材质的木板子。

列车长有一搭没一搭地等着乘客浏览小卖部的商品。

"煮鸡蛋、报纸、小零食啦。"

坐在小卖部里的老板对着列车乘客们一吆喝，乘客们便开始争先恐后地下单。

"给我两个鸡蛋、一份报纸。"

小卖部老板用一根长棍把装有鸡蛋和报纸的篮子准确地送到订购的乘客面前，乘客把钱放进篮子里之后，老板再把棍子收回去，这样就顺利地完成了交易。

"看那个，有个叫'星期一综合征治疗剂'的东西，好像是新出的保健品。"

牟太日浏览商店的价目表时，对盛在棕色瓶子里的饮料产生了兴趣，达勒古特马上爽快地掏出了钱包。

"你们要尝一下吗？"

"可以吗？"

"当然了。来两瓶'星期一综合征治疗剂'、一份报纸。"

其他人也像达勒古特一样都要买上一份报纸。奇怪的是，大家打开报纸，只看了眼最后一页便合上了。达勒古特拿到报纸也是只看了最后一页就合上了。

"达勒古特先生，我也想看一下那份报纸。"

佩妮赶紧接过达勒古特递来的报纸，打开最后一页，发现中间夹着一张纸，上面密密麻麻地写着产业园区内所有内部食堂一周的菜单。

"看来这份报纸是为了提前看午餐菜单才买的啊。在菜单上搭卖报纸，手段真是高明啊。"佩妮把报纸递给牟太日，说道。

"不是手段高明，而是太会耍滑头了。你看，知道人们只看午餐菜单，所以就塞了些过期很久的报纸，看来是把卖剩下的报纸又重新利用了啊。"

牟太日皱起了眉头。

他毫不留恋地把报纸折起来还给了达勒古特，把自己的那份"星期一综合征治疗剂"拿在手里。看起来像普通保健品的深色瓶子里装着黏稠的液体。

"盖子上有字，写着'请在喝的时候想象一下：今天上完班就可以连休三天了'。"

牟太日说完，便一口气把整瓶都喝了。

佩妮也拧开了"星期一综合征治疗剂"的盖子。她的瓶盖上写着"请在喝的时候想象一下：部长今天不上班"。瓶子侧面贴的成分表上显示只含有"解放感0.01%""安心感0.005%"等微量的情感，估计只是盖子上的文字不同，成分都是一样的。

佩妮努力听从瓶盖上的指示，喝了一大口。但是凭空捏造一个根本不存在的部长，再想象他不来上班时自己的心情，这并不容易。一刹那，一种类似解放的感觉，像雾一样朦胧地升起，又很快消退了。

"这个就算有效果也只是一种安慰剂效应。"

"星期一综合征果然是无药可治啊。"

牟太日就像一位顿悟了的得道高僧一样，严肃地说道。

列车又重新开动了。为了去对面岩壁上的产业园区，他们不得不爬上了陡峭的上坡路。沿着陡峭岩壁铺设的铁轨看起来就像是斜搭在双层床上的梯子。

上班列车在向上急剧倾斜的路段像是有些力不从心，嘎吱嘎吱地往前走不动了，停了下来。列车长这次也是同样拿出一个小瓶子，打开方向盘旁边那个生锈的盖子，把瓶子里的液体全部倒了进去，然后"嗖"的一下把空瓶子扔进了脚底下的罐子里。接着，列车发出洪亮的声音，轻松地爬上了坡。佩妮推测那个瓶子里的液体可能是"自信感"。

"佩妮、牟太日，看前面，我们终于到了。"

不知不觉间，在陡峭的绝壁和岩壁上正慢慢展现出一幅壮观的景象。小雨也完全停了，列车长把遮雨篷收了上去。阳光穿过茂密的树林，亮度恰到好处，不太耀眼地照在脸上，被雨稍稍打湿了的泥土气息扑鼻而来。

"哇！比想象中的宽阔得多啊。到底有多少人在产业园区上班呢？"

在他们面前出现了一个比足球场还大的中央广场。很多往返于产业园区的其他上班列车都停在车站里，安保人员正在再次确认下车人员的出入证。

产业园区入口的两侧就像守卫一样，各立着一座庄严宣誓模样的铜像。列车驶入车库的石板路上用端正严肃的字体刻着简短的宣誓文：

我们被赋予使命，照料所有生命沉睡的时间，

我们庄严宣誓，将心怀敬畏为他们服务。

到了车库，列车便缓缓地停了下来，列车长开始广播：

"现在到了梦产业的中心地——产业园区。到投诉管理局、测试中心、美食街的乘客请在此下车，步行前往。前往各制梦公司上班的人员请换乘专用列车。请携带好随身物品。"

列车上的人一个接一个地开始收拾外套和包下车。佩妮和牟太日、达勒古特也一起下了车。刚踏上中央广场，佩妮便目不转睛地看着眼前将自己三百六十度环绕的景象，牟太日也是如此。

包括入口和车库在内，从正面看到的中央建筑物到外围的建筑物，没有一个是寻常的设计，每个都急于展现自己的个性。这与达勒古特梦百货店那种既古朴又跟周边环境融为一体的低调设计相距甚远。

通往中央的路周边有几座像是餐厅的矮建筑物。在中央广场的正中央，一座外观独特的巨大建筑物吸引了他们的视线。
达勒古特走在前面，指着那座建筑说：

"我们要去的地方就是那里。"

"您说的是那个像树桩的地方吗？那里是投诉管理局
吗？"

"是的。"

如果不知道他们要去的是投诉管理局，从外表看肯定不知
道这地方是做什么的，因为这跟佩妮印象中任何一个政府部门
的样子都不相同。

投诉管理局看上去像是世界上最大的一棵树用斧头砍掉后
剩下的树桩，如果不是看见门口有人进出，很难认出它是个建
筑物。况且上面还堆放着几个五颜六色、房屋大小的集装箱。
看上去真的很奇怪，就像是被台风卷来的集装箱不经意地落在
了树桩上。

"达勒古特先生，投诉管理局上面的那些集装箱也属于同
一个建筑物吗？"

佩妮小跑着跟上去问道。

"那里是测试中心，是各个制梦公司的梦在上市之前进行
各种测试的地方，上市后出现问题时也在那里测试。像我们这
些卖梦人也经常和生产商聚在测试中心开会。入口虽然是同一
个，但进去看的话，跟投诉管理局的区域是明显分开的，可以

乘坐电梯上去。别看它外表那样，内部还是挺不错的。"

佩妮露出了想进去的神情，达勒古特却斩钉截铁地说道：

"我们今天只去投诉管理局。牟太日去哪里了？"

达勒古特环顾了一下四周。

牟太日没往投诉管理局的方向走，而是在排成几队的人群周围东张西望。他们是在等待换乘去制梦公司的专用列车。

队伍的最前面有一些指示牌，上面标明了是去往哪个公司的列车，例如"斯林·戈洛克影片""乔克·代尔工作室""基思·格鲁尔的恋爱学概论"等。可以看到一条轨道从中央广场远远地向外延伸出去，轨道尽头林立着各式各样的大楼，将半个广场都围了起来。

"外围那些成排的建筑物都是制梦公司吧？全都不一样啊。"

佩妮瞪大了眼睛说道。从远处也能看出每个建筑物的样式和使用材料都各不相同。

"是的。各个制梦公司的品位都很独特，所以未能实现建筑设计上的统一。不过形态如此各异，反而更好看了，不是吗？"

每个制梦公司的建筑物都充满着个性，感觉像是漫不经心地同时看着几部精彩电影在播放一样。那一栋栋建筑物竟然是制作各种梦的公司！佩妮再次意识到自己真是到了一个了不起的地方。

"哇！看那栋楼，大大地写着'乔克·代尔工作室'。那里应该就是制作情爱梦的乔克·代尔的制梦公司！"

牟太日提高了嗓门。

三人立住看着牟太日所指之处。

那座大厦如同难得一见的艺术作品。大厦线条流畅大胆，底层呈浅红色。与之相反的是，中层和高层则让灿烂的阳光穿其而过。佩妮觉得，整座大厦就像剩下一口红酒的酒杯。

"达勒古特先生，那旁边的建筑物是什么公司啊？就是那个少了一个角，看起来像是塌了的楼。"

"那里是'斯林·戈洛克影片'。知道斯林·戈洛克是谁吧？"

"是的，当然了。他给我们百货店三楼供应类似幻想或大制作电影的梦。"

"啊哈，那里就是斯林·戈洛克的公司啊。"

牟太日显得很感兴趣。

"五楼打折区有特别多斯林·戈洛克的'地球毁灭系列'。实际上，我认为毁灭地球的梦已经落伍，不流行了。"

斯林·戈洛克的制梦公司是一座十层的大厦。它的顶层设计少了一个角，就像遭到敌人袭击了一样。再加上外墙的油漆斑斑点点，像是用巨大的油漆枪喷上去的似的，让人一上班就能感受到一种一触即发的紧张氛围，似乎马上就要开始一场生存游戏，赌输了要请全体职员吃午饭。

51

在前往斯林·戈洛克制梦公司的队伍尽头站着两个看起来非常疲惫的人。左边的那位双手拿着影像资料和一沓纸。

"为了参加新作品会议，我一星期就看完了这些电视剧和电影。"

"你用六倍的速度看过吗？如果适应了，台词竟然都能听懂。"

一起的另一名职员认真地提出了建议。

"谢谢，下次我试试。哎，如果这次的新作也是僵尸题材，老板肯定不会善罢甘休……我脑子里只有僵尸梦，难道没有什么有创意的东西可以毁灭地球吗？"

"除了外星人入侵外，我也是什么也想不出来了。这次倒是稍微修改了一点，不知道能不能通过。听说隔壁部门的艾里弗正在准备一个梦，在梦里，世界将被盐的沙漠覆盖，所有生物都会慢慢被盐腌到枯萎灭亡。我真担心那个朋友的未来。"

斯林·戈洛克做老板的制梦公司"斯林·戈洛克影片"公司，主要制作类似遭受大灾难或变成超级英雄对抗外星人入侵的电影的梦。因为上班时间一直在看电视剧和电影，所以很多人羡慕他们可以拿着工资免费看电影。但从刚才那两人的疲态来看，似乎并不像说的那么容易。

两人正往刚到达的一辆列车走去。要送他们去制梦公司的列车比佩妮来时坐的上班列车雅致得多，车身的漆跟斯林·戈洛克大厦的颜色一样，涂得斑斑点点的，感觉像是为了跟建筑物配套似的。

佩妮饶有兴致地听着他们的谈话，差点也跟着他们上了列车。

"我们不用坐车了。来，快点走吧。"

达勒古特同时轻轻拽了一下佩妮和牟太日的衣角。牟太日本来已经悄悄站在了前往乔克·代尔制梦公司的队伍里。他和佩妮盯着制梦公司的建筑，磨磨蹭蹭地向投诉管理局走去。

走近投诉管理局才发现这座建筑物并不是真的树桩，而是模仿树的纹路人工建造的。入口处与树皮颜色完全相同的旋转门在不停地转动着。当两位穿着睡衣的外部顾客和佩妮他们同时通过旋转门时，一个男人迎了上来。他身穿一套瑜伽馆里常见款式的修身绿色衣裤，材质柔软而又有垂感。一只小草虫在他手背上蹑手蹑脚地爬着。

"投诉请到这边登记，一路辛苦了。"

职员先亲切地接待了身穿睡衣的顾客。不仅手势十分恭敬，语气还非常温和，似乎连百年的怒火都可以平息。直到看到顾客走远，由其他职员接手之后，他才回头看了看达勒古特一行人。

"您好，达勒古特先生。我是投诉管理局的帕拉克，我来给大家带路。"

自称帕拉克的职员与刚才不同，说话的口气有些生硬。佩妮对这种明显的变化有些不高兴。牟太日一直在环顾建筑物的内部，好像没有感觉到他的这种态度变化。

投诉管理局内部流淌着平静的古典音乐，就像刚开业的店铺一样，有很多大花盆。不仅如此，连一些小装饰品也全是让眼睛舒服的绿色。现在就不得不怀疑帕拉克身上的那套绿衣是不是规定服装了。莫非是舒适的温湿度，以及布满各处的绿色植物的力量？与想象中僵硬的政府部门不同，这里让人感到非常放松。

"请到这边来，依次通过这些区域，最里面就是局长室。"

"这里就像疗养休闲中心常见的林中瑜伽馆，看起来很不错呀！经理们为什么不想来这里呢？"

牟太日把手放在佩妮的耳边窃窃私语道。

帕拉克在前面领路往中央电梯的右边走去。在安装着玻璃门的走廊入口处，贴着一块大牌子，上面写着：

第一阶段投诉受理处——睡不踏实的人

"有第一阶段投诉的话……那还有第二阶段和第三阶段吗？是越来越严重吗？"

牟太日停在玻璃门前，指着牌子问。

"是的，第一阶段主要投诉睡觉睡得不舒服，第二阶段则是投诉偶尔做噩梦会妨碍日常生活，第三阶段是抱怨做梦本身就很痛苦。第三阶段的投诉是第一阶段和第二阶段的职员处理不了的，由局长亲自处理。"

帕拉克流利地回答着打开了玻璃门。

投诉管理局内部有一条沿着逆时针方向曲折延伸的宽阔走廊，沿着走廊转一圈，还能回到中央电梯前。

走廊左右排列着那种在银行或政府部门里常见的窗口。但是有一点很特别，投诉人员和职员并不是隔着桌子相对而坐，而是像好朋友一样并排坐着。职员们都和帕拉克一样，身穿绿衣。

"这个怎么办呢……啊……原来如此啊，您一定很辛苦吧。"

正好听到最近的那个窗口里，职员正亲切地安抚着投诉人。他旁边坐着一位身穿花纹睡衣的顾客，正在那里慷慨陈词。

"还有，昨晚梦里我被恶棍勒住了脖子，努力挣扎着求救。幸好及时从睡梦中醒来了，结果发现我的猫正蜷缩在我的脖子上睡觉呢！"

"啊，那是根据顾客的情况，梦发生了改变……"

窗口的职员一只手摸着额头，就像是自己的事一样，一脸沉重。

无梦之人

　　"可能一开始梦里并没有勒脖子的场面，反而是为了让顾客醒来，无意识间启动了防御机制，损伤了梦的内容……这种现象很常见。可能会很困难，但能不能试着把猫和人睡觉的空间分开呢？"

　　下一个投诉窗口，还有再下一个投诉窗口，都坐满了对自己所做的梦不满的顾客。

　　有位顾客嗓门很大，引得旁边窗口的人都探出头来看是什么事。

　　"我最近真的要被这个搞疯了。早上睡醒起来后，明明走到浴室洗了澡，然后穿上衣服和鞋子，悠闲地出了门。但是回过神来一看，还在睡梦中呢。因为担心迟到，害怕搞出大麻烦，就又去洗。打开了淋浴，冲洗得却不够痛快，一点也不能振奋精神。虽然觉得有些奇怪，但还是很认真地洗，洗完之后发现果然还是一场梦。就这样一直做了将近十次洗澡准备出门的梦……"

　　窗口职员一边认真地记录他说的话，一边坐立不安地查看手册。这大概是个新入职的职员，神色慌张得让旁观的人都直冒冷汗。

　　"在这里，感觉自己就像是罪人。"

　　牟太日自言自语道，语气听上去很不高兴。他那本来就圆圆的肩膀缩得更圆了。

56

在前面带路的帕拉克背着手走得非常慢。佩妮走路时一直盯着地面，生怕一不小心踩到他的脚后跟。达勒古特默默地跟在最后面，既不催促，也不说话。

经过数十个窗口后，出现了通往第二阶段受理处的玻璃门。

第二阶段投诉受理处——做噩梦的人

第二阶段受理处的构造与第一阶段受理处相似，但到处都贴着画有"控制生气的呼吸法"的海报，每个窗口都放着两升"商用镇静糖浆"。如果没有放了糖浆的热茶，可能就无法顺利地进行交谈。

大概是出于这个原因，投诉人的语气比第一阶段受理处所听到的语气平静了很多。

"梦里的场景不停变换，但空间移动的方式太荒唐了。要想到窗外去，就得从三层楼的高度跳下去；要想逃离可怕的人，就得跳进海里；前面全是火坑，却得光着脚过去。每次做完梦都筋疲力尽，整个上午都无法集中精力工作。可能太紧张了，有时候感觉像是被人打了一样，全身非常疼痛。"

一位身穿宽松长袖 T 恤的顾客一边喝着茶，一边冷静地诉说着不满。

"那都怪不成熟的制梦人和盲目推销那些梦的卖梦人，顾客一点错都没有。即使是在梦里，人们遇到违和或危险的情况，也会本能地抗拒。竟然忽略基本常识和逻辑，肆意地组合各种情境，这种制梦的方式真是……无论是制梦人还是盲目售梦的人，都极其不负责任。"

佩妮从旁边经过，耳朵清晰地听到了"不负责任"这几个字。

"那位好像说得有点过分了，怎么能说不负责任呢……不能激发情感的梦是不收费的。"

佩妮鼓起勇气说道。这时走在前面的帕拉克突然停了下来，回头看了看佩妮。

"你说得好像是在发善心啊。"

他说得凶巴巴的让佩妮无言以对，牟太日却勇敢地顶了回去。

"不是发善心，因为制梦人和卖梦人会制作和销售各种各样的梦，睡觉的时候有很多选择，这是事实啊。"

"要是没有你们就没法买梦了，所以不能有所不满吗，哪怕有些人真的会因为做梦而疲惫不堪？一听就知道你们天天嘻嘻哈哈地在百货店里工作得很愉快。"

帕拉克尖刻地说，表情却依旧温和。

佩妮这才猜到帕拉克为何对他们三人的态度莫名冷淡。这里的职员们早就被每天蜂拥而至的投诉搞得疲惫不堪，怨恨的矛头最终瞄准了提供投诉原因的卖梦人和制梦人。

"我这辈子第一次来这么不舒服的地方。"

牟太日噘着嘴发起了牢骚。佩妮在梦百货店工作时只见过来主动买梦的顾客，突然遇到完全相反的情况，脑子里顿时一片混乱。

这感觉就像开了家糖果店，深受孩子们的喜爱和支持，自己却跑到牙科医生的聚会听了一堆埋怨回来？佩妮这才明白为什么莫格贝里说不愿意来投诉管理局了。

终于离开了受理处，到了最里面的局长室。局长室的门关着，有个人好像刚谈完话出来，正拿着文件袋向达勒古特打招呼，这个人佩妮也相当熟悉。

“哥朗彭，脸色看起来更好了啊。”

达勒古特握住这个身材矮胖、眉毛浓密的男人的手，高兴地跟他打招呼。

“因为我不管在梦里还是日常生活中都好好吃饭啊。”

他是一个制梦人，人称“哥朗彭大厨”。哥朗彭在自己的店里既卖真的食物也卖“吃美食的梦”。莫格贝里是他的老顾客，佩妮也在她的介绍下去过那里。虽然吃美食的梦比真正的食物贵，但对正在减肥的人来说，没有比这个更好的啦。

“你也被投诉了吗？”

达勒古特指着哥朗彭手中的文件袋问道。

“要么是投诉做完吃美食的梦之后，更想吃东西了，导致减肥失败；要么是投诉再次感受到了吃东西的幸福，不想减肥了。每次内容都差不多。"

哥朗彭哈哈大笑起来。

和他道别后，三人又稍微等了一会儿。

"先来的人还没有结束谈话，请稍等一下，我先走了。"

帕拉克把他们送到地方后，就去迎接其他顾客了。

没过多久，局长室的门开了，从里面飞出来一群精灵，是制作"飞天梦"的莱夫拉恩精灵们。他们的投诉材料制作得非常小，方便他们查看。精灵们每人拿着一份文件，扇着翅膀停在空中看着。他们似乎在抱怨着什么，四处乱飞，差点撞到了达勒古特，吓得立刻在空中转了一圈，然后飞快地消失在了视野里。

三人终于走进了开着门的局长室。房间里散发出一股芳香精油的气味和被水浸透了的树木味，乍一看得有达勒古特办公室的三倍大。

"欢迎光临，我是投诉管理局局长奥丽弗。"

一个女人身穿笔挺的深绿色制服，站起身来和达勒古特握了握手。她的指甲涂成了未成熟的橄榄色，跟她的名字非常相配●。

"我是经营梦百货店的达勒古特，这是在我们店里工作了

● 奥丽弗与"橄榄"的英语发音相同。——译者注（如无特殊说明，后文注释均为译者注。）

一年的职员。"

"初次见面，我是牟太日。"

"您好，我是佩妮。祝贺您就任局长。"

"谢谢！大家请坐。各位一大早就开始来了呀。这两位应该是第一次乘坐上班列车吧。怎么样，感觉还好吗？"

投诉管理局局长奥丽弗一脸慈祥地说。

"是的，非常好。虽然下坡的时候有点害怕。"

佩妮一边环顾着奥丽弗的桌子，一边回答。奥丽弗座位的对面挂着一个相框，上面是她的简历，简历的最后一行写着"在第二阶段投诉受理中心工作 30 年"。

"如果有对我们百货店旁边店铺的投诉，我也代为转达吧。您也知道，他们都很忙，很难来这儿。"

"哦，您能帮忙转达吗？您真是热心啊。"

奥丽弗表达感谢的表情有些夸张。她的表情和语气就像是一位老练的教师正在哄挑剔的孩子。

"来，让我们收一下对我们店的投诉吧。不止一个两个吧？我开始有点紧张了。"

达勒古特说。

"不是很多。类似'怎么会做这样的梦呢？'这种发牢骚般的投诉大部分已经在投诉管理局内部解决了，剩下的按照楼层进行了归类，确认起来应该很方便。请您先看一看。"

达勒古特打开局长递过来的文件袋，上面写着"达勒古特梦百货店"。

"这是给三楼莫格贝里的，这是给四楼斯皮多的。这次没有二楼的啊，这是给五楼的，大部分内容都是对梦的质量不满意啊。"

"但是便宜啊，打八折的东西还希望很完美，这是非常矛盾的。而且，我也不会把打折的东西强行卖给外部顾客。我们又怎么能阻挡得了他们这种遇到甩卖就先囤货的本能呢？"

牟太日耸了耸肩。奥丽弗一脸不满地看了看他。

"来，相当严重的是……这两个投诉。"

达勒古特挑出来两份文件。佩妮隐约看到第一张上写着"投诉人：1号常客"，她两眼放光，非常感兴趣。

"这个最好由我来解决。"

达勒古特把那张纸折起来，放进大衣口袋的深处。

"还剩下一个……嗯，这个也很棘手啊。"

达勒古特把第二张纸也折了起来，正打算放进大衣里，想了一下，又展开纸，递给了佩妮。

"佩妮，这个投诉你要不要负责一下？这是给一楼的，也就是给服务台的。你也知道我有很多事情要做。"

"是为了准备之前在年薪协商时所说的那个活动吗？"

"是啊。如果你负责这个投诉，我会很放心。"

"但是……不是韦德阿姨，是我吗？"

"你不是说过今年的目标是挽留住老顾客吗？试一次怎么样？"

投诉等级：第三阶段——对做梦感到痛苦

收信方：达勒古特梦百货店

投诉人：792 号常客

"为什么连梦也要夺走呢？"

＊本报告书以投诉人在睡梦中语无伦次的梦话为基础制作而成，包含了业务负责人的部分意见。

达勒古特交给佩妮的竟然是第三阶段的投诉。

"投诉内容很短啊。"

在佩妮稀里糊涂地查看投诉内容时，达勒古特对局长说道。

"第三阶段的投诉都是这样的。如果受理的时候我是局长，可能会记录得更详细些，可上任局长好像不太喜欢这样。不过事情的来龙去脉，达勒古特先生应该可以弄清楚。投诉管理局没有什么可以为这位顾客做的了，这个您应该也知道。"

"嗯，也是。"

无梦之人

"是谁曾想夺走这位顾客的梦呢？"

跟佩妮一起看资料的牟太日忍不住好奇地插嘴问道。

"不是的，谁也没有想夺走他的梦。"

奇怪，如果是第三阶段的投诉，应该会觉得做梦很痛苦，可内容是"不要夺走梦"，前后不一啊。

佩妮接受了这个谜一般的投诉，陷入了苦恼之中。

只有佩妮和牟太日坐上了返回市区的列车。达勒古特在产业园区还有其他事情要办，让他们俩先回去，便跟他们分开了。

佩妮盯着达勒古特给她的第三阶段投诉看了好久，然后叹了一口气，看向牟太日。

"真不知道为什么不想做梦！能找到正确答案吗？"

"我也不知道，我们仔细想想吧。买梦也和买东西一样的嘛，就像挑选美食，或者选购周末玩的游戏。"

"是啊。"

"佩妮，或许'梦被夺走了'指的是'想做梦，却没有什么想买的梦'。回想一下你买东西的时候，什么情况下会进了店里不买就直接出来呢？"

"当然是没有我要买的东西。但是光我们百货店里就有堆积成山的梦啊！"

"也是，梦的种类也不是不够丰富。如果比喻成食物……

64

尽管好吃的东西很多，却没有病人可吃的健康食物或素食主义者可吃的素食，会不会是类似的情况啊？"

牟太日把自己整理好的想法说了出来。

"不要这样瞎猜啦，最好亲自见一下 792 号顾客。"

他们在轰隆轰隆行驶的列车上绞尽脑汁，也没得出一个明确的答案。

3. 瓦瓦·思丽普勒和写梦日记的男子

男人决定早点上床睡觉。他关了灯，扶住床头，慢慢地坐上床，掀开皱巴巴的被子盖上躺下。跟着他进屋的宠物狗在离床不远的地方停止了吧嗒吧嗒的脚步声。狗一屁股坐在垫子上，调整了个舒适的姿势，深深地吐着气。男人听着那熟悉的呼吸声，身上一整天的紧张感似乎都缓解了。

"我房间里的一切都很安全。"

男人每次睡前都会期待今天能做什么样的梦。他特别喜欢做梦，今天也一样。他闭上眼睛在脑子里开始描绘想做的梦。最近能做到想做的梦的频率突然降低了，这让他很担心，但还是非常希望今晚梦中会有好运到来。

他闭了会儿眼睛，不知不觉中浅浅地睡着了。睡着的男人耳边回荡着人群的喧闹声。因为未能深睡，他还残存着一些意识，瞬间他就明白了一个事实：今天也做不到想做的梦了。

他在一家大商店门前站了一会儿，感觉有很多人在来回走动，然后他便向反方向走去。一个职员在店里发现了男人，忙出了店门，跟在他后面焦急地叫喊，但声音随即被淹没在了人流之中，他根本就没有听到。男人就这样渐渐进入了沉睡，那天晚上什么梦都没做。

*　*　*

佩妮发现了站在店外的 792 号顾客，慌忙跑出去大声叫他，可男人似乎没有听到，瞬间便消失在人群之中。虽然之前不会刻意招揽店外顾客，但今天不能坐视不管。在投诉管理局看到792 号顾客的投诉有一周了，这已经是第三次看到顾客走到店门口又离开了。

"为什么要夺走我的梦呢？"根据投诉内容，792 号顾客来店里买梦的时候，应该是有人为了强行夺走他的梦而发生了肢体冲突。但他根本就没走进店里，只是稍微徘徊了一下就转身离开了，这真是让人难以理解。

佩妮不能坐视不管了。她工作时也会不停地查看 792 号顾客的眼皮秤，看是否指向了"快速动眼期"，如果感觉顾客要来了，她会习惯性地走到店门外去确认一下。

佩妮今天也没能叫住他，只得又回到了一楼的展柜前继续工作。刚才由于着急追了出去，没收拾完的箱子被胡乱摆在了地上，老是妨碍其他顾客走路。

"对不起，客人。我马上收拾。"

今天服务台的工作韦德阿姨一个人就可以搞定，所以佩妮便负责整理展柜。她的手不停地忙碌着，满脑子想的却是792号顾客。

"为什么他不进来就那么走了呢？难道像牟太日说的那样，是因为没有想做的梦？如果是我们店的商品目录有问题，那这里怎么还会有这么多顾客，梦也卖得这么火？难道是792号顾客的喜好突然变了？"

佩妮因为一直在考虑792号顾客的事，耽误了好多一楼的日常工作。首先要做的，就是把四处空荡荡的展柜填满。

在主要销售珍贵梦的一楼，去年年末梦颁奖典礼上的获奖作品销售火爆。获奖作品还贴上了标签，上面写着很多梦评论家的一句短评和推荐词，刺激着顾客们的购买欲望。

贴有"大奖赛获奖作品""连续3年获得畅销部门提名"等华丽宣传纸条的梦，大部分都很畅销。除此之外，贴有"获奖者推荐之梦""评论家们齐声称赞之梦"等标签的梦也能引起人们的关注。如果能把堆积如山的梦商品全都做一遍固然很好，但对做不到这一点的顾客来说，只能看名称挑选，或者先挑选别人推荐或获奖的梦，这样效率会比较高，所以这并不难理解。

"韦德阿姨，瓦瓦·思丽普勒的'鲜活的热带雨林'最好单独摆放，买它的人越来越多了。"

佩妮对服务台的韦德阿姨说。

"没关系，就那样放着吧，反正制作量赶不上销售量，不久展柜就会空空如也了。"一楼经理韦德用手捋起无力垂下的红色卷发，用抓夹把头发全都夹了起来，说道。

一楼的梦人气很高，但是也有例外，雅斯努兹·奥特拉的"做一个月我曾经欺负过的人"便是如此。这个梦虽然是在去年年末的颁奖典礼上被提名为大奖赛候选的优秀作品，销量却非常低。佩妮觉得这很奇怪，与她传奇制梦人之一的名声不符。

佩妮尽量把奥特拉的梦放在前面，好让顾客注意到，她掸掉围裙上的灰尘，又回到服务台。

"辛苦了，佩妮。"

"现在干这点活儿已经是小菜一碟了。"

佩妮想起错过的 792 号顾客依然心烦意乱，面上却充满活力地回答。

韦德阿姨正在给眼皮秤上油。她虽然在服务台当经理，但一有时间就会挑出展柜里运作不顺畅的眼皮秤，给干燥的地方精心地涂上油。当把散发干草气息的油涂在眼皮活动的部位时，眼皮形状的秤砣会温柔地上下唰唰地移动一下。

"佩妮，你能帮我打开那边那个小瓶子吗？"

韦德阿姨用下巴指了指放在服务台上的小油瓶。佩妮打开新油瓶的盖子，慢慢地把它倒进一个宽口碗里。

"对啦……792 号顾客调查出什么了吗？"

韦德往扁平毛笔上均匀地抹上油，悄悄问道。

"没，一点进展都没有。他要是来到店里，还可以和他聊一聊，但每次都是在远处就转身离去了。"

"哦，原来如此。"

"为什么他会认为梦被夺走了呢？这里也没有小偷。"

佩妮把上完油的秤一个一个地放回原处，疑惑地连连说道。

"即便是这样，他为什么不告诉我们这些职员，而是直接去了投诉管理局呢？我好奇的地方可不止一两个。"

"顾客熟睡时比平时思考得更加直观，并且会立即采取行动。应该是他本能地知道商店解决不了。嗯……给你一个提示，也许他已经知道原因出在自己身上了。"

韦德认真地说着，用白布包好蘸着油的毛笔。

韦德阿姨似乎已经知道 792 号顾客的情况了，很明显是想给佩妮一个仔细考虑的机会。佩妮很感激这一点，不过连韦德阿姨的提示也像个谜。

"如果原因在他自己身上，那无论如何都要了解一下那位顾客。但是怎么……下次要不要跑过去搭话？这样好像很失礼……"

"现在不是可以马上看一下他过去留下的痕迹吗？幸好他是我们的老顾客。"

韦德紧紧地盖上油瓶的盖子，用力说道。

"现在能查到的只有购买历史……啊！对！我为什么傻傻的没想到呢？我要查一下他这段时间的购买记录，或许是之前买的商品有问题。"

韦德把服务台交给佩妮照看，起身去修理运作不稳定的眼皮秤。佩妮趁顾客明显减少的时段，打开了管理商品库存、评论和梦费等的"梦费支付系统"程序，然后一边不时瞄一眼服务台前方，看看有没有顾客找她，一边查看792号顾客的购买记录。

792号顾客几年前开始做很多梦，成为梦百货店的常客也是在那个时候。

如果说有什么特别之处，就是他特别喜欢瓦瓦·思丽普勒的梦。他最后一次购买的梦是在去年年末颁奖典礼上荣获美术奖，以美丽自然风光为背景的"鲜活的热带雨林"。

佩妮查了查那位顾客的购买清单，不由得羡慕起他来。他竟然做了这么多瓦瓦·思丽普勒的梦……都有些嫉妒可以用情感买梦的外部顾客了，佩妮如果用零花钱来买瓦瓦·思丽普勒的梦的话，可能要饿上好几个月。传奇制梦人制作的梦比其他梦要昂贵好几倍。不过对商店来说，则丝毫没有损失，因为792号顾客作为梦费支付的情感比任何人都要丰富多样。

792号顾客支付的情感不只有一般人支付的"舒适感""惊讶感"和"神秘感"，奇怪的是记录显示他在做完"鲜活的热带雨林"的梦后，还一起支付了少量的"失落感"。怎么会有"失落感"呢？这种情感与这个梦很不协调。他为什么能感受到如此复杂的情感呢？

佩妮像是抓住了救命稻草一样，开始翻看后记。后记一般是一行简单的评语，只是简单记录了顾客做梦后的感受。

例如，"好像刚睡着，这么快就到早上了？""好像做了一个非常开心的梦，但是想不起来了。""这是什么梦，要不要买张彩票？"等，大部分都可以忽略不计，所以佩妮并没有特别在意。

佩妮点开他最后购买的梦"鲜活的热带雨林"的后记，令人惊讶的是，以日记形式写下的后记很长。运气真好，达勒古特先生曾说过最近很少有人写梦日记了。

无梦之人

2021 年 1 月 15 日

　　一定要记下现在的情感和感觉。

　　以前只是觉得天是青的，山是绿的，但那是多么不同的绿色啊。

　　在梦里看到的热带雨林就像鲜活的一样，时时刻刻都在变化，看上一整天也不会觉得乏味。天空碧蓝，午后的树叶有的黄绿，有的草绿，凝结着水滴的草叶绿得透亮。我激动不已，眼睛看到了所有的绿色，还能将这些绿色区分出来。

　　我曾见过的世界真有如此美丽吗？

　　最近偶尔在梦里也会看不见东西。我真恐惧，非常痛苦，甚至有些害怕睡觉。我已经被夺走很多东西，但没想到连梦都会被抢走。

　　我还没做好心理准备。不，即使做好了心理准备，我也很难接受。

　　如果电影、小说里那种制梦人真的存在，请让我继续做梦吧。拜托了。

　　请不要夺走我的梦。

　　792 号顾客梦日记里的最后一句话和投诉上写的一样。佩妮隐约地猜到了他的情况。

***

男人醒来坐起身，伸手打开电灯开关。他能感知到房间变亮了。他的视力虽然无法分辨物体，但可以微弱地区分明暗。男人简单地活动活动身体，抚摸了一下床下的导盲犬萤火，然后走到厨房，从冰箱里拿出每次都放在同一个位置的水喝。他手上的动作熟练，没有别人的帮助就顺利地完成了这一系列过程，稍微抚慰了一下昨晚的遗憾。

男人喝着冰水，再次想起昨夜的记忆。昨天晚上好像在梦里也是什么都看不见。如果他没记错，最近在梦里看不见东西的日子越来越多了。

六年前，男人因为一种发展迅速的病，丧失了大部分视力。在此之前，他并不知道大部分的视觉障碍都是后天产生的，只是模糊地知道有人会一生下来就失明。就像大部分生活在"看得见的世界"里的人一样，在男人看来，能看见东西是一种非常基本、理所当然的事，不必非算作自己的一种能力。所以刚被诊断生病的时候，他还觉得也许病上一周左右，自己突然间就能自行痊愈了。但当他听医生解释完为什么会看不见，为什么以后也会看不见之后，不得不接受了这一现实。

周围人都说他意志坚强。男人也觉得自己过于冷静理性，甚至都有些不正常。人有时受的打击太大，反而会更加清醒，只专注于该做的事，当时的他正是如此。但是家人非常伤心，好像把他的那份悲伤也都拿走了一样。

现在回想起来，当时为了保护处于危险之中的自己，他的身体似乎把生存所不必要的外部因素全都切断了。也许身体知道，当时最威胁自己生存的就是他的情感。

他开始拼命地做一些必须马上学会和适应的事，以免迷茫和绝望笼罩全身。必须从走路重新练起。他拿着拐杖练习躲避障碍物，并学会了贴着墙走路的技巧。在家人和周围很多人的帮助下，他比一般人少花了不少时间便开始练习独自在家附近走路了。

难道是因为倾注了剩下的所有感觉吗？尽管有些奇怪，但自从开始康复训练以来，他感觉周围的一切都与以前截然不同了，显得非常深刻、鲜明。从家门口走到马路边的步数、不规则凹陷的道路、处处断开的地砖、家附近的餐厅里不同时段散发出的不同气味……很多信息相互重叠着向他涌来，甚至让他疑惑之前怎么把这些都忽略了呢。

虽然找回失去的日常生活就像摸着盲文阅读一样缓慢，却能把每一天生活的亮度提高一个阶段，让人非常有成就感。比起静静地躺在房间里，男人更喜欢适应新生活。

他一点点地拓展着在没有家人或学校朋友帮助下独自做事的范围。有一天，他一个人去了学校里的便利店，这是他已经练习了无数次的一条路线。刚走进十多坪❶的便利店，就听到收银台那边不停地扫条形码的声音。当他用拐杖拍打着地面，挪动脚步时，仍能通过声音完整地感知到周围人的手足无措。他们体贴地紧靠在墙上，让这个男人可以从便利店狭窄的通道走过去，愧疚感和感激之情让他不得不加快了脚步。

　　他径直走向了饮料冰箱。打开门，摸着罐装饮料上方写的盲文"饮料"。他无法知道饮料品牌和种类，大部分的罐装饮料只写着"饮料"，对此他已经很熟悉了。男人记得经常喝的那款饮料放的位置，所以打开了中间那个冰箱，拿起放在齐胸高的位置上最左边的一罐饮料。

　　如果问店员"这个对吗？"，对方十有八九会亲切地告诉他的。但是那天男人想体验一下"一个人也能买到想要的东西"，而且听着忙碌的扫条形码声，他也不想麻烦唯一一名在收银台不停结账的店员。如果再诚实一点，那就是那天他想表现得像眼睛正常的时候一样。

　　男人以前也是只要看到别人忙，就自己看着办，而且还会帮助别人。经常能听到周围的人称赞他有眼力见儿、有风度。

---

　　❶ 1坪约等于3.3平方米。

男人不想失去自己失明前的模样。

难道是因为那天那种想法过于强烈就此埋下了祸根吗？他从便利店出来，打开易拉罐喝了一口，就知道不是平时常喝的那款饮料。坚强的意志一下子就被凄惨地挫败了。他根本无法知道陈列方式会突然改变。如果是平时，可能会想"下次一定要问问"就过去了，单看这一件事，并没什么大不了的。

但是那天他一个劲儿地想，也许再也回不到以前了，被夺走的不仅是视力而是整个自己。脑海中又再次掠过曾经以为亲切和善的邻居们说的一句句"年轻人这么可怜，可怎么办啊？"之类的话语，让他不知不觉间既委屈又伤心。

"我可怜，这点我最清楚，克服了这种心理我才出门的！"

他把拐杖扔在便利店附近少有人去的楼梯下，坐了下来。正强忍着不让自己哭出来时，一个女人走近了他。

"需要帮忙吗？"

声音的主人把拐杖放到男人的手能够得着的地方。

"谢谢。"

"我是在这个学校工作的咨询师，什么时候想来就过来吧。我帮你在手机上录下咨询室的联系方式和位置。"

男人没有回答。咨询师轻轻地帮他站起身，说道：

"看你这副表情还不如大哭一场。不管是谁，看到有人这样都不会视而不见。"

咨询师送他回了家。一路上他都在思索：一辈子只能接受和感激别人的帮助，这样的生活对自己来说意味着什么呢？

　　对别人来说，我是个怎样的人呢？在别人眼中我是什么样子呢？最好不给别人添麻烦，能够融入社会独立生活？努力不成为家人的累赘，这是我余生最高的奋斗目标吗？……没想到最高的奋斗目标会降到如此理所当然的水准。

　　那天回到家后，男人整整睡了两天。

　　睡觉对任何人来说都很公平，只要闭上眼睛就可以了，这一点令他很高兴。没过多久，他就发现自己可以在梦中看见东西。这就像是一种救赎，甚至可以看到比现实中更美的世界。顺利地度过一天，就能入睡做梦了，这是男人清醒时唯一的精神支柱。

　　随着时间流逝，男人遇到了导盲犬"萤火"，并定期去找之前帮助过他的咨询师进行咨询，开始了新的生活。

　　但是最近有时候他在梦里也看不见了。自己的东西还要被抢走，他很难接受这个现实。他曾听说梦也是以记忆为基础的，所以看不见东西的日子越久，记忆越多，在梦里也会看不见东西。他希望会有例外。

　　已经过了午夜，平常这个时候他早就睡觉了。明天不仅要去学校，还要去咨询室。导盲犬萤火在男人脚下哼哼唧唧，似乎知道了男人的想法。

"你问我怎么还不睡觉？好，我们现在睡吧。萤火，你也好好睡。"

不一会儿，男人伴着导盲犬萤火呼哧呼哧的呼吸声睡着了。

* * *

今天男人和导盲犬萤火一同出现在梦里。萤火蹭了蹭他的腿，让他知道它就在旁边。可惜他今天在梦里也看不见，和入睡之前一样。

男人很失望，正想和昨晚一样转身而去，却被人急忙叫住了。

"请稍等一下，792号顾客！"

"什么？我吗？你是谁？"

那个叫他"792号顾客"的人，喘着粗气，好像是跑着过来的。

"我是在达勒古特梦百货店工作的佩妮。"

"梦百货店？那找我什么事……我今天状态不太好，不想买梦。"

"您不需要买梦。店里有人正等着见您。拜托您，见一面吧。您肯定会喜欢的。"

"不知道你说的是谁，但我看不见他们。"

"没关系，他们说一定要和您谈一谈。严格来说，您也不是完全不认识他们。我带您去，如果愿意，您可以用一只胳膊扶着我。"

男人的导盲犬萤火没有警惕，相反，它高兴地摇着尾巴拍打着男人的膝盖。

"不是危险的人吗？"

"看来您的宠物狗也一起来了。这个小家伙叫什么名字？"

"它是和我一起出门的导盲犬萤火，名字取自萤火虫。"

或许是多亏了这个名叫佩妮的职员娴熟的指引，也或许是因为他的脚步已经记住了通往梦百货店的道路，男人轻松地走进了百货店。

从一侧传来一小群人聚在一起窃窃私语的声音。

"你刚才看到瓦瓦·思丽普勒了吗？进了那边的职员休息室，真人更漂亮。"

"奇科·斯莱姆博怎么样？我在他面前紧张得一句话也说不出话来。他们真是般配的一对。"

他们的声音非常兴奋，像是见了什么了不起的名人。

"我们要去职员休息室，那两位在里面等您。"

佩妮吱呀一声打开了门，把男人带进了一个地方，里面很温暖，皮肤感觉很舒服。

他觉察到休息室里有其他人在，肯定是等待他的那两个人已经到了。男人很紧张地立住了，紧紧和萤火贴在一起。萤火这次也没有表现出任何警惕的迹象，它轻轻摇了摇尾巴，舒服地躺到男人的脚边。

"那我就出去了，不会有人来打扰，请慢慢谈。哦，还有这个……"

佩妮松开了男人的手臂，窸窸窣窣了一阵子，貌似在翻找什么东西，然后就哧的一声往休息室里喷了点东西。有一小滴溅到了男人的手臂上，一股类似树叶的气味传到了他的鼻尖。

"这是一款有助于整理思绪的香水。我特地向达勒古特先生借的，希望会有所帮助。"

佩妮扶着男人在单人扶手椅上坐下来之后，便关上休息室的门离开了。接着，那两个不明身份的人终于开口了。

"您好，792号顾客。我是瓦瓦·思丽普勒，是一个制梦人，制作一些可以看到美丽风景的梦。"

"我是奇科·斯莱姆博，制作成为动物的梦。在我的梦中，可以变成一头虎鲸或是一只雄鹰。突然有不认识的人说要见您，很惊讶吧？真是不好意思。"

"你们好！我叫朴泰京。制作梦……做的工作真了不起啊。不过两位找我有什么事吗？怎么知道我的呢？"

"我看了您写的梦日记，所以知道您。我制作了您做过的

'鲜活的热带雨林'之梦。您是否记得？在梦里可以看着热带雨林的景观随着时间和光的流动而发生变化。"

也许是因为佩妮喷的树叶味香水发挥了作用，男人的脑海里很快就浮现出了雨林的景象。

"啊……我想起来了！我非常喜欢这个梦。对，做完这个梦之后，我写了一篇梦日记。您也看了吗？不，怎么……怎么会……这真令人惊讶，也让人有些难为情。"

"有什么难为情的，做完梦之后写的日记内容会被送到百货店。佩妮给我看了您写的梦日记。我很高兴，就像收到了一封珍贵的粉丝来信。"瓦瓦·思丽普勒说。

"听说您看不见，从何时开始的？习惯了吗？"

自称是奇科·斯莱姆博的男人直截了当地问。

"我已经习惯了，都六年了。"

"要想完全适应，六年时间还太短。我生下来就没有右膝以下的部分，所以适应时间非常长，也可以说我很幸运。"

奇科·斯莱姆博坦率地说起了自己，他有本事把让人听起来不舒服的话说得像是没什么大不了的。

"您第一次见我，说话就如此不见外啊。坦率地说，我觉得这有点尴尬。"

男人直言不讳。

"您醒来后很有可能会忘记我们的谈话，所以我们可以敞开心扉地和您畅谈。说起来有些难为情，但我们在这里太有名了，没有多少人可以让我们说说心里话。这听起来可能有点自私，但我和瓦瓦·思丽普勒都需要一个像您这样的朋友，所以我们就不管不顾地来找您了。就像我们接受您的帮助一样，您为什么不尽情地利用我们呢？"

奇科·斯莱姆博说着换了个姿势。他所坐的方向传来椅子嘎吱嘎吱的声音。

"您生活的世界和我们的世界通过睡眠相连，这可能是上天赐予的一种美好命运。我们可以成为无所不谈的梦中好友。"

瓦瓦·思丽普勒充满说服力的声音充满了整个休息室。

"一觉醒来就会忘记的人……还不错。"

等男子敞开了心扉，奇科和瓦瓦就像几个月没聊过天似的，滔滔不绝地说起了各种事情。

"我在十岁的时候就立志成为一个制梦人。一开始，想在梦里跑步，所以制作了一个在空旷的原野上奔跑的梦。心思稚嫩，也没有制作许可证，还向同班同学炫耀：'你要不要做一下我制作的梦？虽然是第一次制作，但好像还可以。'但知道那家伙怎么说的吗？"

奇科·斯莱姆博用轻松的语调讲述着自己的过去，比第一次打招呼时还要随意。

"他怎么说的呢？"

"他就是这样说的：'喂，你都没用两条腿走过路，你制作的奔跑梦会不会像是在两条腿上绑了拐杖一样，发出可笑的咯吱咯吱声呢？'真是个坏家伙。所以我就说：'那我要制作一个梦，在梦里可以像动物一样游泳和飞翔，你小子也没试过吧？'那个家伙冲我冷笑了一声，似乎在说'你倒是制作出来看看啊'。"

男人一时感到很为难，不知该在奇科·斯莱姆博面前做出怎样的表情，他想尽量不表现出来怜悯之情。

奇科·斯莱姆博可能察觉出了他脸上复杂的表情，豪爽地笑了。

"刚才你的表情真是值得一看。你尽量克制着不去可怜别人。我说对了吗？"

"我不喜欢那种表情。那之后呢？你真的制作出可以像动物一样游泳和飞翔的梦了吗？"

"我制作的梦在三年后的'年度佳梦'颁奖典礼上获得了大奖，就是'横跨太平洋的虎鲸之梦'。那年我才十三岁。"

"你是怎么做到的？从哪里涌出来那种力量和热情呢？虽然我完全不懂制梦，但你做什么都应该会比别人难啊。"

"所有的力量都源自我所拥有的幸福，欲望也来自我对幸福的渴望。在这里经常听人说，我就是那些行动不便的人的希望。我很高兴。但是我的大部分行动都只是为了让自己幸福。

你不能为了成为别人的希望而活一辈子。我第一次制梦也是如此。那个梦是以远离海岸的虎鲸的视角而进行的，那代表了我自己。我想逃离这个生活处处受限制的世界。我不想做一个少了一条腿的人，我想成为一头虎鲸，即使没有双腿，也能看到一个更大的世界。这还真的实现了。我以为掉进大海就会死去，但在它下面还有一个更为宽广的世界。现在觉得这真是万幸。如果我是一个能在海边奔跑的人，也不会想着要跳进海里了。"

奇科·斯莱姆博畅所欲言自己的想法。

"你太厉害了。我现在做一件小事也会很在意别人的眼光，很难把注意力集中到自己身上。害怕人们会觉得我可怜，或者会因为我而感到尴尬。"

"我们这辈子从来没有用别人的眼光看过自己，只是从那个人看我的表情、声音之类的信息来推测。有时候，太多的信息反而会掩盖事实的真相。看到的并不一定是事实。反正不知道别人什么眼光，那就想象一下那个为你加油鼓劲的人的表情吧。我们现在就是这样看着你的。"

"为我加油鼓劲的人……对啊，帮助我的人太多了。我的家人、朋友，还有我依赖的心理医生。"

男人认真地说，然后又说道：

"如果我是个正常人，也希望自己可以为别人加油鼓劲，我得到这么多帮助，也想支持和体谅别人。"

"但是你知道吗，你已经在帮助别人了。在你还没意识到的时候，就已经救了陷入消沉的我。"

瓦瓦·思丽普勒说。

"其实我只是个喜欢美术的学生，当我想要制梦时，也只是想把平时画的风景放入梦中。虽然我比任何人都擅长处理色彩，但不会高难度的技术，不能像这里的奇科和其他人那样呈现出动感的画面。尽管如此，我还是想找个理由制作更复杂精良、更惊险刺激的梦。我从事这项工作已经有10年了，最近太疲倦了。直到看了你写的梦日记，我才明白：我这么做就是为了你这样的顾客。你不知道这个顿悟的力量有多么强大。"

瓦瓦·思丽普勒的声音里充满了真情实意。

"也许遇到的困难正让你的自我形象变得更加鲜明。"

奇科·斯莱姆博突然说了一句。

"那是什么意思？"

"你不是更加明白别人的帮助有多么珍贵了嘛。即使经历同样的事情，有些人也会有完全不同的感受。你得到了帮助，就想帮助别人。怎么样？你不觉得你的自我形象更加清晰了吗？抛开那些看不到的他人视线，看看自己的内心吧。"

"真的可以这样吗？我害怕'看不见东西'这一个事实会无限放大，影响我的其他方面。我……我不只是个看不见的人，我是朴泰京。"

男人鼓起勇气说出了曾经想在别人面前说的话。

"我也是这样。我不想被人称为'少了一条腿的人',希望至少能说'我是奇科·斯莱姆博,有一条腿不太方便'。这两者有着天壤之别。我想碰到一个能够准确知晓其中区别的人,就是像你这样的。"

奇科用心逐字逐句地说着。男人知道,奇科·斯莱姆博也是鼓起勇气才说出了这一切。

"泰京,任何指代我们的修饰词都不能出现在我们的名字前面。只要有我们这样的制梦人,有你这样的买梦人,就没有人可以夺走你的睡眠时间和做梦时间。能够给你提供什么样的梦,是我们制梦人应该考虑的事情。你只要放心地闭上眼睛睡觉就行了。"

瓦瓦·思丽普勒的语气中信心满满。

当他们从休息室出来时,等候多时的佩妮亲切地对男人和萤火说:

"如果您不介意,我想带您去各个楼层参观一下。"

"参观各个楼层?"

"您平时不是也来这儿嘛,要重返日常生活啊。"

"为我一个人,这样……"

"我在服务台的工作就是为每一位顾客提供必要的服务。"

他们乘电梯到了五楼。五楼的职员们在大声嚷嚷着甩卖打折的商品，熙熙攘攘的顾客忙着在其中挑选好梦。

"在这里我好像无法挑选出一个好梦。"

男人了解五楼的氛围之后，尴尬地笑了笑。

"别担心，牟太日会帮您的。对吧，牟太日？"

被称作牟太日的职员声音活泼，主动和男人搭起讪来。

"我不会随便给人这个建议。以后如果您来我们五楼折扣区，我会把自己藏起来的好梦卖给您。"

萤火对着牟太日，汪汪汪地大叫起来。

"你为什么对着我叫呢？我可不是什么可疑的人。别误会，客人。相信我，常来五楼玩吧！"

佩妮走到牟太日前面，把男人和萤火又带到了四楼。

"萤火一定会很喜欢四楼。"

男人和萤火跟着佩妮坐电梯来到四楼。萤火一到四楼就哼哼唧唧起来，想逛一逛四楼。

"萤火，这里有很多好梦。来，快去挑挑，有我这一个向导就够了。"

佩妮对萤火说。萤火犹豫了一下，又哼哼起来。

"我没事。萤火，你快去吧。"

男人刚一同意，萤火就开始在低矮的展柜间来回蹦跳起来。

"萤火，不要乱蹦！"

"在这里没关系，不用像平常一样老实。正好这儿有个和萤火一样爱动的好朋友。"

"嘿，小家伙，站住！"

不知从哪儿传来了"嗒嗒"的旱冰鞋声和一个男人高嗓门的叫喊声，向着萤火跑过去的方向渐渐远去。

"那是四楼的经理斯皮多先生。他追得很开心，看来是很高兴有事需要跑快点儿。"

从四楼走到三楼的路上，男子发觉自己对这家百货店很熟悉。

"现在我知道了。三楼卖的是充满活力和有趣的梦，对吧？我好像也来过很多次。"

"是的，果然身体还是有记忆的。幸好今天重新带您参观了一下。三楼就像现在听到的一样，会整天播放最新的流行歌曲。墙上贴满了各种商品海报，职员的穿着也各式各样。三楼的经理是莫格贝里小姐。"

正在等候他们的莫格贝里高兴地迎接了男人。

"您好，客人。我们这一层有很多特制的声音梦，偶尔也是个很好的替代品，有兴趣的话记得来找我。据说睡觉的时候如果受到各种刺激，感觉会变得敏锐。从这个意义上说，这里的这个梦是……"

莫格贝里想抓住他们两个人，把三楼所有的梦都介绍一遍。

两人急忙下到二楼。

二楼的展柜按照一定的间隔摆放得非常整齐，很方便参观。展柜之间只隔了三步的距离，每个角落都有用盲文标记的信息指南。

"按这个按钮，还会有语音提示。"

二楼的维戈·迈尔斯陪着男人，进行了说明。

"我想给客人推荐'回忆专区'的梦。可能需要尝试很多次，但幸运的话可以在梦里看到您视力变差前的回忆。据我所知，您拥有大量的回忆，所以现在就断定以后再也看不见了还为时过早。"

维戈进行了详细的说明。佩妮觉得如果不看他冷漠的表情，只听他说话的声音，会认为他比其他楼层的经理都亲切。

"看来您很满意二楼的梦啊！"

"是的，拥有回忆真是太幸运了。现在只剩下一楼了。"

"一楼是我工作的地方，销售一些特别的梦或是人气非常高的梦。"

佩妮把男人带到了一楼一个新设的专区。

"我们把各处分散的特殊梦收集到这儿。有的梦是为了听不见的顾客准备的，带有字幕；有的梦支持手语。真是惭愧，我也是最近才知道有这样的梦。"

"竟然有人会为少数人制作梦，真是太让人感谢了。"

无梦之人

　　"买梦的顾客是少数还是多数并不重要，毕竟顾客想要的梦都不一样。虽然我只在这里工作了一年，但在过去的一年中，我非常清楚地明白了这个事实。有的顾客不喜欢预知梦，有的顾客午觉时喜欢做梦，但又总是后悔。而现在我身边的这位792号顾客需要特殊的梦，仅此而已。所以您只管来店里就好了。"

* * *

　　那天晚上男人梦话说得特别多，所以萤火先醒了，然后等男人醒来就去舔他的手。梦中见到的人还没有从记忆中消失，他们的声音仍萦绕在男人的耳边。梦中交谈甚欢，所以他想努力地回忆起谈话的内容，但是在脑海中无序飘浮的句子碎成了一个个单词，一个个单词又被分解成一个个笔画，很快便消失得无影无踪。

　　"在梦里遇到的那些人是谁呢？是周围认识的人吗？不，是我不认识的人。"

　　梦里的人好像认识他，但他肯定不认识他们。他们说话的声音确实是第一次听到。但这是不可能的。应该是把生活中与一些擦肩而过的不知姓名的人的对话进行了重组，出现在了梦里而已。如果把这看作大脑的一次偶然活动，有些部分确实令人费解，但也只能这么想了。因为睡觉的时候不可能真的去见了什么人……

男人坐在床上又想了好一会儿昨晚的梦。

"好像有句话我觉得绝不能忘记……"

这时，突然想起的那句话自然而然地脱口而出：

"我不只是个看不见的人，我是朴泰京。"

尽管男人不知道，但这句话像梦话一样重复了一夜，已经非常顺口了。

萤火看着男人小声地"汪"了一声，男人从座位上站起来，用心地抚摸了下萤火。

"今天也拜托你啦。"

这句话不仅说给萤火，同时也说给他自己。

男人上完课就去了咨询室，他和萤火配合默契，步调一致。到了咨询室，咨询师尹老师给他开了门，高兴地打了招呼。

"快进来，泰京。这段时间过得好吗？萤火你好！"

"老师也过得不错吧？"

萤火安静地在咨询室里找了个地方趴了下来，狗绳碰到地面发出了声响。

"萤火今天看起来心情很好啊。"

耳边响起咨询师随和的声音，让人听着很开心。

"萤火非常喜欢来这里。大楼后面的院子很宽敞，每次咨询完之后，我都会让它在那里尽情地跑一阵子。"

"萤火，不管什么地方，你都和哥哥一起去，真不错啊。"

"它如果真这么想就好了。"

"来，那我们今天再聊聊梦吧？"

最近他们聊的话题是梦。尹老师喜欢先通过梦窥探人的内心，然后再一起聊天。

"昨天晚上我做了一个很棒的梦，在梦里见了很多人。虽然在梦里也看不见他们，却像以前就认识一样，感觉非常熟悉和舒服。对，好像萤火也和我一起在梦里。梦里遇到的人就像真实存在的一样。虽然说是我无意识中编造出来的，但那个情景和他们的言行都太过于具体了。是不是很奇怪？"

"一点也不奇怪，很多人都有这种经历。"

"是吗？那么，说不定真的存在一个我们无法记住的世界。"

男人兴奋地说。

"是的，或许真是如此。"

男人不知道尹老师现在的表情如何，但是能感觉到她的语气中蕴藏着深深的思念。

"你还记得什么吗？我还想再听听你的梦。"

男人听尹老师的声音就知道她比任何时候都感兴趣。

"我也想再多说一点，但越是拼命地回想，梦中的残像就消失得越快。早知道这样，就写日记了。写梦日记可以记得更久。不是有句话说，记录创造记忆嘛。尹老师也经常做梦吗？我也想听听您的梦。"

"我也经常做梦。"

"您写过梦日记吗？"

"当然了。幸亏写了日记，有的梦尽管已经很久了，现在还是记忆犹新。我梦到自己变成了一头虎鲸横穿太平洋，那个梦真是很了不起。"

"那是多久以前的梦啊？"

"嗯……已经二十多年了，那是我 1999 年做的梦。"

4. 奥特拉才能制作的梦

"佩妮，你今天来得更早啊。"

在服务台上夜班的穆德向佩妮打了声招呼，她的声音听起来非常疲惫。

"穆德小姐，早上好。"

最近，佩妮来上班的时间比平时都早。她先向穆德了解一下昨晚有没有发生什么特别的事情，然后记下库存不足的梦，之后便拿着一串钥匙去了仓库。她把要摆放到货架上的梦盒堆在一边，又把一些漂亮的包装纸和丝带裁成合适的大小，用来包装今天新到货的梦。最后，她到梦费仓库把装满梦费的瓶子拿到仓库入口，方便存入银行，这样上午的准备工作就算结束了。

佩妮小心翼翼地将一个盛满"负罪感"的黑红色瓶子和另

一个盛满"后悔"的银灰色瓶子放了下来，拿出一个藏在角落里的薄垫坐下，然后打开夹在腰和围裙之间的日报《最佳解梦》，开始看了起来。

佩妮最近越来越注重知识的积累了，特别是店外的事情或相关的背景知识。自从遇到792号顾客以后，学习就变得更加迫切了。她觉得终究有一天会遇到其他第三阶段的投诉者。

下班后学习是不太可能的，所以佩妮就选择早一点来百货店学习。虽然也有很多介绍专业内容的厚书，但为了轻松地开始，她选择了《最佳解梦》。可能有人会说："哪有人通过日报学习的啊？"但对现在的佩妮来说，每天获得一点百货店外面的信息也大有帮助。

这家日报既报道制梦人的幕后故事和业界轶事，也介绍梦产业相关用语的说明、相关法案、性价比高的梦或失败率低的梦等。除了《本月论文》栏目外，大部分内容都浅显易懂。

准备工作已经就绪，佩妮至少有三十分钟可以一个人在这里看日报。起初，她在员工休息室看报，但会有职员在那里吃带来的早餐盒饭，有些吵。而在仓库里听着情感滴进瓶子里发出的滴答声，能更好地集中注意力，佩妮非常喜欢这里。

佩妮慢慢地翻着《最佳解梦》，看到被誉为传奇制梦人之一的雅斯努兹·奥特拉的名字后，立刻摆正了坐姿。

一款令人惋惜的佳作

七年前的今天，雅斯努兹·奥特拉发售的"一周父母梦"真是一款罕见的杰作。梦根据制作方式可以分为两种：一种以做梦人的记忆为基础而展开，另一种则是全由制梦人的意图和想法填充，提供一种虚拟现实的体验。而年轻的雅斯努兹·奥特拉这部霸气的作品属于第一种情况，着实令人惊叹。

以记忆为基础制梦比其他情况要求更加苛刻。既要在梦中适当操控做梦人的记忆，还要考虑它的不确定性，体现制梦人的意图，十分复杂，令人非常头痛。正因为如此，虽然有很多人立志成为制梦人，却很难获得制梦许可。

雅斯努兹·奥特拉在此基础上进一步发展，在梦中变换了视角。不是按照做梦人的记忆，而是以做梦人"父母"的视角，以他们对做梦人的记忆为基础而展开梦境。这种划时代的想法和大胆的尝试本身就足以称得上是天才。

第一个做了这个梦的评论家的感想令人印象深刻。

他说在梦里是以他父亲的视角看自己。清晨，儿子房间里的闹钟一响，父亲马上起身悄悄地关掉闹钟，好让儿子多睡上五分钟，之后才用手轻轻地摇醒他。在父亲的眼里，儿子非常宝贝，看得他内心都很激动。

相反，有些人跟父母的回忆不太好。父母总在子女面前显示自己人生的不如意，抱怨养育孩子就是人生惩罚。而这些人也要以他们父母的视角再重新经历一次，在梦中整夜确认所有的一切都出自父母真实的想法，在这个过程中，他们的心情会变得像泥土一样沉重。

雅斯努兹·奥特拉的梦可以收到各种各样的梦费。从这一点来看，她的梦的商业价值应该得到高度评价。

回头看，雅斯努兹·奥特拉的"一周父母梦"没有获得上市当年的大奖，这与她的才能无关，而是因为世界上的好父母没有想象中的那么多……（以下省略）

佩妮全神贯注地看着这篇文章，她还想再继续看会儿，但该去服务台工作的时间已经到了。

"有瓦瓦·思丽普勒的'鲜活的热带雨林'吗？"

佩妮刚从仓库回到店里，就有顾客问她。

"您好，顾客。那款梦卖完了，这周大概不会再来货了。"

佩妮本来想推荐雅斯努兹·奥特拉的梦，它们在空的展柜边堆积了很多，但还是忍住了。如果贸然推荐"做一个月我曾经欺负过的人"，顾客可能会生气地说："难道我欺负谁了？"

奥特拉的梦高价引进了好几箱，现在依然满是灰尘，评论家们的满分标签也黯然失色了。难道就像刚才在《最佳解梦》报道中看到的"一周父母梦"那样，作品虽好，却不受人们关注，成了不幸之梦吗？佩妮不敢积极推荐给顾客，只能使出全身力气将货架推到靠近入口的通道边上，让顾客更容易看到。

"佩妮，你一大早就精力充沛啊。"

韦德阿姨和维戈·迈尔斯一起来上班，看到用力推货架的佩妮说道。她一眼就看出了佩妮的意图，忙和她一起推起货架来。

维戈今天也穿着熨得笔挺的正装，他原本打算经过她们直接去二楼，却又站在大厅里不满意地指了指一楼的几处展柜。

"难道要等到柜台都空空如也吗？这里也是，那里也是，到处都空着。"

听到维戈说话，周围穿着睡衣的顾客都偷偷瞟了他一眼。

佩妮赶紧把服务台下面的梦盒拿出来，在维戈的怒视下将霍桑德莫纳的"人群中的孤独"摆在了空处。这款梦是去年颁奖典礼上的双冠王，获得了最佳新人奖和最佳剧本奖。梦的内容是在梦中成为透明人，没有人能认出自己。

"看看这个，这个。现在还在卖去年的获奖作品……还挂了很多梦评论家的推荐词。推荐已经获奖的作品，谁不会呢，得有先见之明才行。"

维戈看着霍桑德莫纳的梦讽刺地说。

佩妮提的梦盒里除了"人群中的孤独"，还有霍桑德莫纳的新作"皇帝的新衣"。她犹豫了一下，开始把这款梦整齐地摆放在"人群中的孤独"旁边。

维戈直挺挺地站在那里，叉着手自言自语道：

"还什么'皇帝的新衣'……题目还像那么回事，也就是个脱光了到处晃悠的梦而已！顾客们肯定会说：'天啊，竟然脱光了衣服到处晃悠！可能是潜意识里有欲望想要展示真实自我吧？'然后用各种情感支付梦费。内容浅薄，只是添加了一点意味深长的气氛，以为我不懂这种投机取巧的小把戏吗？"

维戈甚至还掺杂着不自然的表演语调，在进行着严厉的批判。他从去年颁奖典礼开始就一直对霍桑德莫纳的梦持否定态度。

"维戈·迈尔斯，你还真是死脑筋，你不知道'做梦不如解梦'这句话吗？怎么解释梦都是顾客的自由。"

有人勇敢地斥责了维戈。佩妮四处望了望，想知道声音是从哪里来的，然后在齐腰高的展柜上发现了一只合翅而坐的莱夫拉恩精灵。他身材肥胖，穿着一件小背心，原来是精灵头目。

"你在这里做什么呀？"

维戈想用食指把他抬起来，精灵见状连忙飞起来躲开了。

"我一大早就勤快地出来做调查啊，看看哪些梦畅销，达勒古特梦百货店最适合进行市场调查了。"

莱夫拉恩精灵在别人店里打探信息，还非常理直气壮。

"你不满意霍桑德莫纳的梦，顾客们可是买了很多呢，比那个了不起的雅斯努兹·奥特拉的梦还多。"

精灵指着顾客完全不碰的奥特拉的梦挖苦道。

"销售量和艺术价值不都是成正比的。"

维戈不服气，极力维护着雅斯努兹·奥特拉。

"但是谁会继续制作那些卖不出去的作品呢？街头巷尾都在说，奥特拉因为负担不起制作费，今年还没有出新作品呢。看看这些库存，说不定她过不了多久连现在住的豪宅都得卖了。"

"你还是担心自己制作的梦吧。"

"'飞天梦'在三楼一直很畅销。"

佩妮不由得插了一句嘴。

不可一世的精灵头目，轻快地飞到摆放着奇科·斯莱姆博"悬崖上雄鹰的飞翔之梦"的展柜上。

"这个梦也是浪费制作费。如果是我，就会让它从悬崖上掉下去。很多人都相信做了从悬崖上掉下去的梦能长高。运气好的话，说不定还会有人用'期待感'来支付梦费呢。"

维戈那修剪整齐的胡须和薄薄的上嘴唇在微微颤抖。

佩妮拿起空箱子后退了一步，以免引火上身。维戈生气地转身走向通往二楼的楼梯，走路时鞋后跟发出的声音比平时更加刺耳。

这时，莱夫拉恩精灵又一次冷嘲热讽地说：

"啧啧，这是在发泄自己没能成为制梦人的不满呢。大家都知道维戈·迈尔斯上大学时被学校开除了，他这是在嫉妒霍桑德莫纳这样刚出道的制梦新人。"

维戈停下脚步，直挺挺地站在那里，目光犀利地瞪着精灵。正好这时达勒古特打开办公室门来到了大厅，否则莱夫拉恩精灵肯定会被维戈一把抓在手中。

看到维戈，达勒古特高兴地喊道：

"听到鞋跟声就知道你来上班了。你先去一下我的办公室吧，跟你聊聊之前提过的那个第三阶段投诉……"

佩妮记得他们所说的第三阶段投诉。在投诉管理局局长房间里看到的投诉有两个。一个是达勒古特交给佩妮的792号顾客的，另外一个肯定是1号顾客的。佩妮还记得文件一角标的数字。

达勒古特跟维戈一起进了自己的办公室，两人在办公室里半天没出来。

佩妮一边不时地往服务台外看是否有顾客，一边查看起梦费支付系统的数据来。不到三十秒就找到了1号顾客的近期购买记录。看着购买记录，她自然而然地想起了这位顾客是谁。如果佩妮没记错的话，1号顾客应该是一位四十多岁的女性，到访时间非常有规律，一楼到五楼的梦都会购买。购买记录本身并没有什么特别之处，但她支付的梦费却很奇怪。最近，她做完梦以后支付的情感全都是"思念"，不管是开心快乐的梦，还是悲伤难过的梦，甚至是在五楼买的保质期过了很久的梦也是这样。佩妮继续查看数据后发现，1 号顾客的购买历史至少可以追溯到 1999 年。

"韦德阿姨，我们什么时候引进的梦费支付系统啊？"

"1999 年，我非常肯定。当时也引进了眼皮秤，它们是一起开始用的。"

佩妮决定从 1999 年的记录开始看起，于是将数据按照由远及近的时间顺序进行了排列。她看着看着便发现了一份非常有趣的购买记录。

·制作：奇科·斯莱姆博

·题目：横跨太平洋的虎鲸之梦

·购买日：1999 年 8 月 20 日

·后记

1 号顾客在 1999 年做过奇科·斯莱姆博荣获当年大奖的出道作品。

佩妮怀着忐忑不安的心情，毫不犹豫地点开了后记。

1999 年 8 月 20 日

　　我刚刚做了一个梦，好像应该把这种生动的感觉在消失之前记录下来。

　　在梦里我是一头巨大的虎鲸，从海岸出发，正渐渐地游向远海。在梦中，我根本不担心无法呼吸时咸涩的海水冲进鼻腔的痛苦，也不担心被海浪卷走了能否获救之类的。这种沉浸其中的逼真感是这个梦最令人惊叹的部分。

　　在奇科·斯莱姆博的梦中，不是那种无处立足的危险的自由，而是所有人都渴望的安全的自由。水越深，越有回家的感觉。

　　我感受到了从背鳍连到尾巴的肌肉。我把尾巴向下猛击一下，再抬起来，瞬间就加快了速度。现在，海平面成了世界的天花板，在白色的肚皮下，我的世界比天空还深远。

　　看也不用看，所有的一切都会先被身体感知。我冲动地跃上水面，根本不觉得自己会做不到。流线型完美的身体轻松地踏着水面飞了起来，大胆地飞越到了上空。

　　这时，突然全身有一种战栗的感觉，也不知道这种感觉是不是自己的。我开始担心从远处海岸游过来的自己。我努力地游，不让自己停下来，把这种突然冒出来的感觉淹没在汹涌的波涛之中。

　　"那里不是我该待的地方。"

　　当自己习惯了这种极致的感觉，有了一种"我真的是头虎鲸吗？"的错觉时，就开始清醒了。感觉自己既不是虎鲸，也不是人，随着两个世界短暂重叠后又完全分离，我从梦中醒了过来。

现在的我能梦到年仅十三岁的少年奇科·斯莱姆博的梦似乎是一种命运的必然。这位天才少年年底说不准会成为最年轻的大奖得主。

但是我应该不会亲眼看见那样的情景了……

这个理想太危险了……这段时间的所见所闻着实让人大吃一惊，见过的人也……

如果我一开始也出生在这个世界上会怎样呢？

维戈·迈尔斯，再见！抱歉没能参加你的毕业发表会。

"维戈·迈尔斯？"

佩妮完全没有想到会在顾客的梦日记里发现这个名字。1号顾客认识维戈，还把他写到了梦日记里，说明这位顾客肯定认识他，早在二十年前的 1999 年。

***

1号常客叫尹世华，在学校做心理咨询师，人称尹老师。她在下班路上，边开车边思索着不久前与学生朴泰京的谈话内容。

"梦里遇到的人就像真实存在的一样。虽然说是我无意识中编造出来的，但那个情景和他们的言行都太过于具体了。是不是很奇怪？"

"一点也不奇怪，很多人都有这种经历。"

"是吗？那么，说不定真的存在一个我们无法记住的世界。"

"是的，或许真是如此。"

那天谈话之后，独自珍藏了很久的记忆一直在她脑海里萦绕。从小时候起，一直到二十岁的 1999 年，她都是个清醒梦者。她在梦里特别开心，所以一到休息日不用去学校，她就喜欢一直待在狭小的房间里睡觉。她的学生时代非常平凡，对她来说，能做清醒梦是她唯一一个与众不同之处。

"这种能力是上天赐予的礼物，也许我就是那个天选之女。"

1999 年夏天，女孩上大学之后的第一次长假，整个假期她都一直痴迷于做梦。在梦的世界里，她只是一个外部顾客，梦中城市的人们对外部顾客也同样热情款待，她可以随意决定想去的地方和想做的梦。了解梦中世界的过程很顺利，也很开心。

那里有一个流传已久的神话故事，叫《时间之神与三个弟子的故事》。

大弟子只追求未来，最终忘掉了珍贵的记忆；二弟子无法忘记过往，陷入了深深的悲痛之中；三弟子为了帮助他们，把梦作为礼物送给沉睡中的人。

女孩很喜欢三弟子后代继承的"达勒古特梦百货店"，每次去百货店都会留心观察来往的顾客，把那里神奇的梦也都一一买来做过了。

二十岁时的她就是个野丫头，好奇心很强，整天躲在五楼打折区，像寻宝似的寻找有趣的梦；也曾蹲坐在四楼电梯前，呆呆地看着来买梦的小孩和动物。有天，她不停地在仓库周围转悠，想去看看梦费仓库，结果恰好被百货店的职员发现了，她便一溜烟地跑掉了。

那天也是躲开了服务台职员的视线在仓库里待了几个小时，最终还是被对方发现了。正好那天百货店的主人达勒古特也在场。

"这位顾客！怎么又来这儿来了？我不是跟您说过这里只有工作人员才能出入嘛。"

那位三十岁左右的红色卷发女职员和比她年龄稍微大些的店主达勒古特站在了女孩面前。

"韦德，说了这么多，她应该听懂了。我们先走吧，得赶紧把眼皮秤的事说完。还有，你想好了怎么把服务台后边的大理石墙做成展柜吗？这可能是一项大工程，说不定还得关几天店。这么重要的日程，需要提前定好，再通知顾客……"

达勒古特忧心忡忡地说道。

"是啊，很着急啊。"

韦德瞪着一双炯炯有神的眼睛示意女孩"快点从这里出去"，然后继续与达勒古特交谈。

女孩闷闷不乐地跟着两人从仓库走了出来。

"达勒古特先生，有个问题。现在还不能说眼皮秤已经完全开发好了。在新技术研究所，您也见过无数信心满满的产品在最后阶段被淘汰了。我们还需要一个测试者，来最终确认一下眼皮秤的运转是否正常……还要记住整个过程，能够跟我们进行沟通。"

女孩对两人对话中出现的那个词"眼皮秤"非常好奇，一直紧跟着他们走进了大厅。

"这位顾客，有什么话要对我们说吗，为什么一直悄悄跟着我们呢？"

"我很好奇眼皮秤是什么。"

"你这位顾客好奇心还真是重啊！好吧，眼皮秤是什么呢？就是一种特别的秤，为了提前了解顾客的到访时间而设计的。把秤砣做成眼皮的模样，可以指向'清醒'或'打盹''快速动眼期'……"

"韦德，等一下。"

韦德正在讲解，达勒古特忽然打断了她的话。

"刚才你不是说需要一个最终来测试眼皮秤是否开发好了的人吗？要记住所有的过程，还能够和我们进行沟通……说到底就是需要一个能力强的'清醒梦者'啊。"

"是啊，问题是很难遇到这样的人啊。"

"这里不是有一位嘛，就在眼前。"

达勒古特直直地看着女孩笑了笑。

"您怎么知道我是清醒梦者？"

"你不像其他外部顾客那样犹豫，没有向导也能自由进出仓库，说明你能准确地记住这里。我觉得你很可能是清醒梦者。"

"我的秘密被发现了！还有像我这样的人吗？"

"偶尔会有一些，但像你这样经常来或停留很久的人倒是少见。"

"这里有很多我想知道的东西，比我生活的世界更有趣。我这样随意过来不行吗？"

"不是不行，睡觉时间是属于顾客的。"

"听您这么说我就放心了。这么有意思的世界，梦醒后就全部忘了的话，真是太可惜了，幸亏我是清醒梦者。要是出生在这里该多好啊，真希望能在这里留下我的痕迹。"

韦德很高兴找到了优秀的测试者，而达勒古特听完女孩的话后，表情变得有些复杂。

"您怎么了？"

"没事。好吧，我们帮你在这里留下痕迹。作为我们店眼皮秤的第一个主人，你当之无愧啊。"

"真的吗？我们可说好啦！"

测试很顺利地结束了。女孩一直在等什么时候能见到做好的眼皮秤，为此她整天在百货店附近徘徊。女孩遇到维戈·迈尔斯也是在那个时候。他向无数从百货店前走过的人苦苦哀求了一个月："能成为我毕业作品的搭档吗？"但是所有人都没有搭理他。

女孩穿着一套象牙色睡衣走向维戈。

"要我给你做毕业作品的搭档吗？"

"真的吗？"

维戈正在寻找一起制作大学毕业作品的外部顾客。他们借着做毕业作品的名义，经常在咖啡馆聊天。两个人年龄相仿，又聊得来，很快就亲近起来。

和维戈见面的那段时间里，她的眼皮秤也做好了，摆在了橱窗里的第一个位置。刻有0001序号的眼皮秤运转得很完美。

"现在这里也有我的痕迹了。"

职员们开始称呼她1号常客。从她的眼皮秤开始，其他顾客的秤也陆续摆放在了展柜里。女孩把越来越多的时间花在了做梦上。

"维戈,在我生活的世界里,很多人都会做意味深长的梦。为什么会那样呢?有的会梦到光着身子到处晃悠;有的会在梦里变成透明人,没人能认出来。做了那种梦后,人们都想知道那是什么意思。"

"那种梦制作起来比较容易!怎么理解取决于做梦的人,那种模糊的梦市场上一直都有,只是会稍微换换名字而已。我觉得那种梦有点无耻。"

"是吗?原来是这样啊。到了 2020 年,两个人能不能同做一个梦呢?维戈,希望你能制作出那样的梦来。"

"这真是个好主意!但是 2020 年真的会到来吗?真不敢相信马上就到 2020 年了。2020 年,我们会是什么样子呢?我希望自己能成为一个非常有名的制梦人,一定要在'年度佳梦'颁奖典礼上获奖。"

两个人每天都聊天,不知不觉已经过去了一段时间。女孩为了让维戈更容易认出自己,只穿同款睡衣。

有一天,维戈邀请女孩参加自己的毕业作品发表会。

"我想邀请你参加毕业作品发表会,你一定要来看一下我为你制作的梦。还有,你那天要穿上便服睡觉。发表会上人很多,穿便服就不会被发现了。"

女孩不假思索地答应了，但听了维戈的话后，心情忽然莫名地波动起来。

女孩极力不去在意突然消沉的心情，像往常一样来到梦百货店。达勒古特正一个人守在服务台，精心擦拭着她的眼皮秤。

"您好，达勒古特先生。"

"客人，你来了。有什么事吗？"

达勒古特看了一下她的脸色，试探着问道。

"……就算我睡觉时穿上便服，也不会成为这个世界的人吧？"

达勒古特心想，该来的还是来了。他默默地看着女孩，然后把擦过的眼皮秤递给她看。

"看这里，你的眼皮秤一直是闭着的，对吧？"

她的眼皮秤指向"快速动眼期"，紧紧地闭着。

"我每次看，眼皮都是这么闭着的。"

"是啊……我最近为了做清醒梦，一直都在睡觉。"

"现实世界中的你可以一直这样吗？"

达勒古特慎重地问道。

不管女孩在梦里行动有多么自由，真实的自己却整个暑假都躺在小房间里睡觉，不知从何时起，她开始装作不知道这个事实。听了达勒古特的提问，她脑子里仿佛一片空白。

"我现在该怎么办呢？是继续待在这里，还是回到原来的地方呢？我不知道自己应该在哪里。如果这样下去突然不能做清醒梦了，该怎么办呢？不，还是那样会更好呢？这两种情况我都没有信心，好害怕啊。"

"冷静点，客人。没关系，现在还有时间纠正。请稍等一下，有一款梦很适合你。店里只进了一个，幸亏还没有给别人。"

达勒古特急忙去了趟办公室，递给女孩一个梦盒。

"这是刚出炉的新产品，质量我能保证。"

盒子深蓝色的半透明包装纸看起来就像深海一样。

"这是什么梦？"

"名字是'横跨太平洋的虎鲸之梦'，如果我没猜错的话，店里所有的梦中只有这个是最符合客人你的情况的。"

就这样，女孩做了奇科·斯莱姆博制作的梦，睡醒后在笔记本上写下了梦日记，然后再次来到百货店。达勒古特读了女孩留下的后记也就是梦日记后说：

"对你来说，梦中的海岸就是这里。尽管现在很害怕，但是离这个海岸越远，你的真实世界就会越深广。很庆幸你在做梦的时候已经充分意识到了这一点。"

"是的，这是一款我真正需要的梦。托您的福，我知道该怎么做了。我不能再和这里的人走得太近了……我不该经常来这里，应该闭紧眼睛好好睡觉，而且还要在本来的世界里努力生活。"

"是啊。虽然有点遗憾，但我也觉得你的决定是正确的。有件事要嘱咐你一下。"

"什么事？"

"做清醒梦的能力可能很快就会突然消失。"

"什么？真的吗？"

"像你这样高水平的清醒梦者大概在二十岁之前就会丧失这种能力，你已经撑了很久。所以说，你要做好心理准备啊。"

"原来如此……可能没机会跟这里的人好好告别了。哪怕我不来了，也拜托您好好照看我的眼皮秤。"

"只是不能做清醒梦了而已，你随时都可以来我们梦百货店。"

达勒古特安慰女孩道。

"即便如此，我那时可能会记不住了……对我来说，这就是永远的告别了。"

"我们会一直在这里的，不要太伤心。"

＊＊＊

正如达勒古特所说，没过多久，女孩就无法做清醒梦了。

此后的一段时间里，她坚信梦中发生的事情都是真实的。但随着时间的流逝，她开始怀疑自己的记忆了。而从某个时刻开始，她感觉所有的记忆都像是自己制造的幻想。周围人对梦的普遍反应，也是女孩这么想的原因之一。

"昨晚梦里出现了一个不认识的人，是男是女，我也记不起来了。他深情地看着我，我就问：'你为什么这么看我啊？'他说：'跟你说了，你也很快会忘记的。'真是奇怪，其实……好像还说了些什么，但我记不起来了。真是情意绵绵！这是什么梦呢？"

"什么梦，当然是荒诞的梦啦。"

每当有人说起在梦里经历的奇妙事情时，旁人就会说梦都很荒诞，不把它当一回事。

"你们没有那种经历吗？"

"你是说梦见会飞吗？我有次在梦中发现自己在做梦。这是清醒梦吗？世华，你也做过这样的清醒梦吗？"

"没有，我好久没做梦了。"

女孩偶尔被问到这种问题时，都想把所经历的事情说出来，但一想到没人会相信，便只能搪塞过去。

不过，在咨询室和学生交谈过后，她再次想确认一下曾经历的事情是否真实。她非常想念在梦中世界遇见的那些人。

她在停车等信号灯时，看着人行横道上来来往往的人想着：

"那些人会不会也有和我一样的经历？难道这种事只发生在我身上？"

*　*　*

佩妮读完后记，毫不犹豫地敲了达勒古特办公室的门。她非常着急，没等里面应答就径直走了进去。

达勒古特和维戈同时看向佩妮，他们俩的中间，放着一份投诉。

"达勒古特先生，那个投诉，是1号顾客写的吧？"

"是的，你为什么突然问起这个了呢？"

维戈替达勒古特答道。

"1号顾客和维戈先生，两位是怎么认识的呢？"

佩妮禁不住好奇，立刻问道。佩妮看到维戈和达勒古特非常尴尬地交换了一下眼神。

"我可能有点多管闲事了……请问，这跟维戈先生大学时被开除的事有关系吗？"

"看来得全都说出来了啊。"

维戈自暴自弃地回答了佩妮的问题。

从两个人的反应来看，他们在佩妮开口前肯定在相互试探"应该说到哪里"。佩妮的提问使他们不得不全盘托出。

"这件事下次再慢慢说吧。"

达勒古特挡了下来。

"没关系，现在的我已经不是那个懵懂少年了，这个秘密也算保守很久了。"

维戈有条不紊地说起了自己被开除的经过。讲述的时候，他完全像是另外一个人。

"……我就这样被开除了。有严格规定我们不能直接出现在外部顾客的梦里，我在不知情的情况下提交了毕业作品。达勒古特先生知道这件事后，还是聘用了我。后来才知道，达勒古特先生听了我的事后，马上就知道这是我和1号顾客之间发生的事。对吧？"

"没办法。1号顾客太显眼了，她喜欢做一些引人注目的事，对你来说应该也很有魅力吧，正好两人的年龄也差不多。"

"那两位什么时候又再次相见了？"

佩妮已经完全沉浸在了这个故事里。

"当时我刚到二楼工作没多久。竟然那么快就又见面了，我还以为运气好呢。结果她就像其他顾客一样对我很陌生，她已经认不出我了。"

"……您还好吧？"

"那时候当然很不好，现在已经没事了。在过去的二十年里，我已经明白清醒梦不是永远的，也见过一些类似的顾客。

经历这种事的人并不是只有我一个，之前也不是没有其他缘分……当然，这些都与我无关。现在能这样经常见到她，也是一种幸运。保持顾客和店员的关系也不错。至少可以确认她每次都睡得很好，比完全不知道要好得多。"

佩妮对他的事情感到惋惜，维戈却像是在诉说与老朋友之间的深情回忆，看起来很满足。

"每次你都说得这么若无其事。感觉是我从中作梗，拆散了你们。真的很抱歉。"

"达勒古特先生不那么做的话，就更难收场了。也没有更好的方法，不是吗？更糟糕的情况可能是她陷入梦境，一生只是睡觉，虚度光阴。达勒古特先生救了她和我两个人。"

"1号顾客最近只用'思念'来支付梦费，她投诉的具体内容是什么呢？"

"你看看这个。"

达勒古特把放在桌上的纸递给佩妮。

投诉等级：第三阶段——对做梦感到痛苦

收信方：达勒古特梦百货店

投诉人：1号常客

"我很困惑，不知道是不是我的记忆出现了问题。

> 我害怕过去在梦里发生的事情都是我的想象。无法确认这些事情让我非常难受，每次做梦都很困惑。"
>
> *本报告书以投诉人在睡梦中语无伦次的梦话为基础制作而成，包含了业务负责人的部分意见。

"现在我终于明白了。所以不管她做什么梦，都用'思念'来支付梦费。1号顾客一直非常怀念做清醒梦的时候啊。"

"好像是这样，虽然不知道她为什么突然想起了那个时候……"

维戈默默地陷入了沉思。

"没有什么办法吗？太可怜了。如果我们可以解释的话……让1号顾客认为所有的一切都是自己的想象，这有点太过分了吧。她该多郁闷啊？"

"可怜啊！即使这样，我们也不能制作自己直接出现的梦，不能再违反规则了。"

听到达勒古特的话，维戈低下了头。

"需要证明我们是存在的，但又不能直接出现，这怎么可能啊……"

三个人都没能找到有效的解决办法，只好从办公室出来，回到各自的岗位上。佩妮一整天心情都很沉重。

下班回家的路上，佩妮满脑子都在想 1 号顾客。她慢慢地走着，故意绕了远路，停在食品店"阿德里亚厨房"前的广告牌前。

塞奇夫人的"妈妈味道"番茄酱，"爸爸手艺"蛋黄酱

2021 年新配方，味道和情感更加浓郁（含有 0.1% 的思念）

不会做菜也无妨，心怀思念便可以！

无论何时何地，尽可纵情再现令人怀念的爸妈手艺。

佩妮看到添加"思念"的番茄酱广告也能想起 1 号顾客。她就像被什么迷住了似的，走进食品店，拿起"妈妈味道"番茄酱陷入了沉思。

"怎样才能合法地告诉顾客她的记忆没有问题呢？"

佩妮真想随便抓住一个路人，跟他聊一下维戈和 1 号顾客的事情。

仿佛是知道佩妮的心思一样，大容量酱料区里出现了阿萨姆的背影。每次快要忘记阿萨姆时，总能遇到它，块头大的朋友不管在哪里都很容易被认出来。

佩妮悄悄地走过去，站到它的身边。

"阿萨姆，你在盯着看什么？"

阿萨姆一点儿也不吃惊，在大容量酱料桶前严肃地说道：

"佩妮，看这个，塞奇夫人又出了新酱料，是让人心情爽的芥末酱。"

阿萨姆指着的地方挂着一块牌子，上面写着"心情爽！鼻通畅！芥末酱让你郁闷的心情一扫而光"，黄色的酱料桶摆成了一排。阿萨姆犹豫了一下，放下芥末酱，用前爪轻轻地拍了拍佩妮拿着的"妈妈味道"番茄酱。

"我还是喜欢番茄酱，随便做个鸡蛋也能做出妈妈的味道。"

"含有'思念'的番茄酱……这个很难让人想起已经完全忘记的人吧？"

佩妮想把事情的来龙去脉都告诉阿萨姆，但她又不能随便就把维戈长期保守的秘密说出来。

"那是不可能的。不要对 30 斯❶的番茄酱奢求太多。你听说那个消息了吗？"

"什么消息？"

"听说雅斯努兹·奥特拉可能会隐退。"

---

❶ 作者虚拟的货币单位。

"你在哪里听到的？"

"到处都在传，说是奥特拉正在认真考虑。可能是因为最近的梦卖不出去，很苦恼。"

"不可能，不会那样。她的'别人的生活'还没正式上市呢。正式发行之后，还要出一系列的梦呢。我坚决反对，奥特拉女士的才能太可惜了。"

"我的想法也跟你一样。有那么多梦只有奥特拉才能制作出来。"

阿萨姆各拿起一桶大容量的"妈妈味道"番茄酱和"爸爸手艺"蛋黄酱放进购物车里说道。

佩妮呆呆地喃喃自语："只有奥特拉女士才能制作的梦……"一瞬间，她就像吃了一桶呛鼻子的芥末酱，脑海里闪现出一个绝妙的想法。

"是啊，这是雅斯努兹·奥特拉女士才能制作出来的梦啊。谢谢你，阿萨姆！"

佩妮好像马上要去见谁似的，看了看手表，迅速走出了食品店。

***

"听说你一个人去了雅斯努兹·奥特拉家？"

达勒古特问。

4.奥特拉才能制作的梦

　　达勒古特和佩妮正在一楼摆放夏季限量版的"惊悚梦"。包装纸看起来让人毛骨悚然，一个小顾客经过他们身边时，吓得眯起眼睛拉着妈妈的手匆匆而过。

　　"您已经听说了啊！正要跟您说呢，我想到了一款给1号顾客的梦，想先问一下奥特拉女士能不能帮忙。我心里有些着急。"

　　"我听说了你拜托她制作的梦，真是个好主意。"

　　"可以按照我的想法做吗？"

　　"当然了！1号顾客应该会很喜欢。奥特拉也因为想着要做这款很有意思的梦，好久没这么有活力了。这都多亏了你。我们就等着梦制作完成吧。"

　　一个星期后，雅斯努兹·奥特拉亲自来了达勒古特的办公室。她有些劳累过度，眼窝凹陷了进去，但发型和穿着打扮跟往常一样干练。奥特拉从手提包里拿出一个漂亮的梦盒。

　　"我敢保证，这个梦是我一生的杰作。我擅长从别人的视角制作梦，但没想到这个特长可以这么用！按照佩妮的要求，这个梦里不会出现各位的身影，只是分别挑了一些各位看待1号顾客的视角。这样应该没问题吧，达勒古特先生？"

　　奥特拉紧握着达勒古特的双手，眼中闪烁着光芒，兴奋地说。

"完全没有问题，可以站在别人的立场，也可以把很长时间压缩成一个短暂的梦。不管别人怎么说，这款特别的梦只有你奥特拉才能制作出来。"

"佩妮的想法很棒。"

听了奥特拉的称赞，佩妮不好意思地红了脸。

维戈和韦德阿姨听到消息，也来到达勒古特的办公室。韦德阿姨把 1 号顾客的眼皮秤也拿来了。她想尽快送出这个梦，还认真考虑了一下要不要摸摸 1 号顾客的眼皮秤。

"看这个，1 号顾客要睡着了！"

正好眼皮秤的秤砣慢慢动了起来。

"我马上请她过来！"

佩妮迅速走出大厅，很快便把刚来的 1 号顾客带到了办公室。

大家聚在一起，让维戈把梦盒交给 1 号顾客，然后都后退了一步。维戈紧张地拿着梦盒站到 1 号顾客面前。1 号顾客莫名其妙地看看周围。

"为什么把我带到这里……？"

维戈紧张得脸都僵了，不由分说地把梦盒递给了 1 号顾客。奥特拉拍了拍维戈的肩膀：

"真是木讷，至少说句话啊。"

维戈就像是一个机器人，想努力做出之前未有过的表情，他调动着脸上的肌肉，过了五秒钟，终于露出了温和的表情：

"希望这是你要找的梦。"

***

那天晚上，1号顾客进入了奥特拉制作的梦里。在那个梦里，可以从别人的视角看问题。这种特殊的梦只有雅斯努兹·奥特拉才能制作得出来。

在梦里，她是梦百货店的红发职员韦德。变成韦德的她静静地坐在百货店的服务台，全神贯注地思考着过去几个月研发的眼皮秤。在梦里，她不仅变成了别人，还回到了二十年前。她在梦里看到的一切都很清晰，仿佛就在眼前，她自然感觉不到这是别人的视角。

她眼前出现了一位女顾客，正弯着腰蹑手蹑脚地经过服务台，好像要偷偷去什么地方。这位顾客已经不是第一次像现在这样避开韦德在百货店里到处乱逛了。

变成韦德的她悄悄从座位上站起来，跟在那位顾客后面。顾客经过达勒古特的办公室，往仓库走去。

"那个捣蛋鬼顾客又想偷看梦费仓库，真让人受不了。"

在梦里，她盯着那位身穿象牙色睡衣顾客的背影，慌忙地追赶着对方。直到这一刻，她也没有意识到这位顾客就是二十年前的自己。

视角瞬间发生了变化，现在，她成了梦百货店的老板达勒古特。

这时的达勒古特还没有长白头发，一副年轻的模样。他把好不容易完成的第一台眼皮秤放在了服务台的展柜里，满意地露出了微笑。但是最近眼皮秤闭着眼皮的时间越来越长了，她的主人现在还经常出入百货店自由玩耍。想到这里，达勒古特陷入了苦恼。

他回到办公室后，又重新看了一遍桌子上堆着的清醒梦者的研究书籍。在梦里，1号顾客完全以达勒古特的视角进行观察，可以清楚地看到他划了粗线的那页书上写着：

"没有人能做一辈子清醒梦。据观察，非常出色的清醒梦者主要是儿童和青少年。他们大部分都会在成长过程中，不知不觉地失去做清醒梦的能力。"

接着，这个熟睡的女子脑海里清晰地浮现出了达勒古特的想法。

"如果未被事先告知，就不能做清醒梦了，那位顾客可能会陷入深深的悲痛。怎么才能告诉她，即使离开这里，她也可以在原本更为广阔的世界里自由遨游，这个世界也一直会在这里呢……我能为那位顾客做的就是给她找一个合适的梦。"

最后，她变成了维戈·迈尔斯。

维戈眼中的她非常迷人可爱。

"到了2020年，两个人能不能同做一个梦呢？维戈，希望你能制作出那样的梦来。"

"这真是个好主意！但是2020年真的会到来吗？真不敢相信马上就到2020年了。2020年，我们会是什么样子呢？我希望自己能成为一个非常有名的制梦人，一定要在'年度佳梦'颁奖典礼上获奖。"

场景从两人一起聊天的咖啡馆，转到了梦百货店，梦里的维戈·迈尔斯站在达勒古特的办公室前。从她突然消失，接着被大学开除，之后到达勒古特梦百货店面试，这期间维戈所有的想法都在女子的头脑里一一闪过。

"要求你不穿睡衣，而是穿便服过来，有点过分了。"

接着，时光飞速流逝，奇迹般地来到了维戈在百货店二楼工作刚满一周年的那天。他正注视着作为顾客而来的女孩。女孩似乎完全不认识维戈，跟其他普通顾客一样看着他。他把想说的千言万语都抛在脑后，走近女孩，跟她说：

"客人，您有什么需要帮忙的吗？"

***

女子一醒来就打开了手机里的记事本，她发自本能地知道

无梦之人

这是一个绝对不能忘记的梦。

昨天晚上，在梦里我变成了那些我思念的人，他们记得我，以他们的视角，通过他们的眼睛看到了过去的我！还有比这更明确的证据吗？那个世界确实存在。我是一头随时可以回到岸边的虎鲸。很显然，岸边那些我想念的人也知道我在原有的世界里如此努力地遨游。过去二十年，我的世界变得深广了，我拥有一个每晚都可以回去的广阔海岸。

"他们就像二十年前那样，给了我现在所需要的梦。"

女子把梦日记写满手机屏幕时非常确信这点。她仔细读了一遍自己写的梦日记，心情激动地按下屏幕上的保存按钮。与此同时，达勒古特梦百货店一楼的服务台响起了提示铃声，大量梦费到账。

叮咚！

1号顾客的费用已支付。

"别人的生活（正式版）"费用已支付，大量"深情"到账。

"别人的生活（正式版）"费用已支付，大量"感谢"到账。

"别人的生活（正式版）"费用已支付，大量"幸福"到账。

"别人的生活（正式版）"费用已支付，大量"心动"到账。

5. 检测中心的触觉专区

正值盛夏，正是一年中阳光最强烈、最炎热的一天。达勒古特梦百货店的职员们正享受着自由的午餐时光。

佩妮决定去制作美食梦的哥朗彭大厨的餐厅吃午餐。他们餐厅的比萨套餐这周有特价活动，如果饭前结账，还会送饮品券，可以在饭后无限量畅饮浓郁的李子味冰茶。

餐厅里空调风大的位置都被先来的人坐满了，佩妮只好坐在微微吹着热风的露台。她今天和莫格贝里、牟太日一起吃午餐。餐厅里积压的订单太多了，三个人已经望眼欲穿地等了大半天，也不知道比萨什么时候能出来。

"莫格贝里小姐，打折区堆积了很多斯林·戈洛克的'地球毁灭系列'，卖也卖不完，还一个劲儿地增加。三楼也太不用心了吧？我整天卖地球毁灭的梦，脑子都不太好使了。"

131

"牟太日，我知道了。午饭时间就不要说了，我也很头痛。我正要跟三楼的一些制梦人开个紧急会议呢。"

"你要去测试中心开会吗？我是说投诉管理局上面的那些集装箱。我也很想进去看看……有没有什么办法啊？"

牟太日把身体靠近莫格贝里，狡黠地问道。

"天气很热，你能离远一点儿说话吗？"

他们谈论工作的时候，佩妮打开了早上还没看完的《最佳解梦》。阳光太强了，她把报纸举起来，挡住照在脸上的阳光，看了起来。

挑选一个梦作为圣诞节或生日这种特别日子的礼物时，只要满足下面任意一条，就会被称赞很有心：

1. 内容要好，就像一部可以反复观看的好电影，过段时间再做也觉得很有意义；

2. 形式要灵活，为每个做梦人量身定做；

3. 体验要新奇，现实中无法实现，只有在梦中才能经历。

※ 刚开始谈恋爱的恋人之间最好不要送有关"爱情"的梦，因为对方可能会再次想起过去的恋情，这点一定要注意。

佩妮想着以后一定要记下来，于是把报纸折了个角放在了桌子上。店员正托着一个盘子站在那里擦汗，托盘上面放着比

萨、一杯冰和果汁。

"哪位的意大利辣香肠比萨？"

"我的。"

为了方便店员摆放自己的比萨，佩妮把报纸挪到一边答道。店员刚放下饮料，她就拿起盛着冰的杯子倒了一杯大口喝起来。

"我可以看一下吗？"

牟太日拿起佩妮放到一边的报纸。

"当然了。"

"有什么有趣的消息吗？"

莫格贝里大口咬着自己的那份菠菜比萨问，几根凌乱的头发正和比萨一起被她咬进嘴里。

"这个啊，有意思的……日报都一样，每天写有趣的新闻是不可能的……哎呀，大家看这个，维戈先生获奖了！"

牟太日翻开报纸的最后一页，放到桌子上。

达勒古特梦百货店二楼"回忆专区"的梦
被十位编辑一致选为"成分最好的梦"

二楼"回忆专区"的经理维戈·迈尔斯信心十足地说这是理所当然的结果。他强调回忆梦没有多余的添加物，也没有刺激性效果，如果想轻松起床，就需要做"回忆专区"的梦……

（以下省略）

令人惊讶的是，上面还刊登了一张维戈的照片。照片上维戈得意扬扬地把双臂交叉在胸前，脸上的表情似乎在说真不理解怎么现在才获奖。

"他到底是什么时候接受这个采访的？说什么成分、添加物，又不是化妆品，这些都是什么呀？"

佩妮瞪大了眼睛，看看报道，又看看莫格贝里。

"你们也知道制梦需要很多材料吧？大部分材料都是加强沉浸效果或提高画质所必需的，但无论是什么材料，过多使用都会产生副作用，要么会变得很难从梦中醒来，要么梦境会变得乱七八糟。所以新梦在上市之前，要接受检查，测定所含成分的含量。但是我们百货店二楼'回忆专区'的梦，就另当别论了。只用很少的材料就能把人的回忆制作成清晰的梦，仿佛昨天才发生的一样。因为是做梦人本人的回忆，不会与现实发生冲突，也没有什么坏处。根据信息公示法……"

"信息公示法又是什么？"佩妮打断了莫格贝里的话。

"信息公示法是1995年制订的一个法案，规定要在商品的外包装上标明重要信息，以便消费者查看。不仅要标明商品名称、生产日期和保质期，还要标明有义务告知消费者的101种刺激性材料的含量和制梦人的名字——我想，制订这个法案的人以为梦包装纸有两米长吧。甚至还有奇怪的例外条款，规定书写空间不足时可以省略，等有人询问时再进行介绍。因此，为了不用标明刺激性材料，大家都开始特意为商品起个冗长的名称，这个惯例一直延续到现在。"

莫格贝里口若悬河，滔滔不绝地进行了解释。

"这些你都背得滚瓜烂熟了？"

"没点本事，我怎么能成为最年轻的经理呢？"

"嗯，听你这么说，我还是不太明白。如果能亲眼看见制梦的材料，或许能有助于理解。"

牟太日费力地做出一副疑惑不解的表情，看了下莫格贝里的神情。佩妮觉得牟太日显然是故意揣着明白装糊涂。

"是吗？好，百闻不如一见，跟我一起去测试中心吧。测试中心有很多制梦材料。不过开会的时候你不能太散漫，要认真坐着。我们不是去参观，而是去工作的。"

"当然了！我一直在等你说这句话。"

牟太日两手拿着刀叉，咧嘴一笑。

"如果会议顺利，结束后会有时间看看材料。正好斯皮多也拜托我去买些四楼要用的材料，材料目录挺长的。太好了，有你们帮我就没问题了。"

"听说制梦时需要的五种感官材料那里都有。就是视觉、听觉、嗅觉、触觉，还有……味觉材料。你知道我等这一天等了多久吗？"

牟太日非常兴奋，含着满嘴的食物就开始叫嚷起来，一粒杂烩饭的饭粒飞到了桌子的另一端。

"不过你们俩的时间可以吗？下周三去。时间不能随意更改，因为已经和制梦公司的老板约好了。他们本来就很忙。"

"到月末了，我的时间可以。这个月的销售目标已经完成了。就算下周都请假也和五楼其他人的销售量差不多。佩妮，你怎么样？"

"我也想去。下周三……如果上午能早点结束工作，韦德阿姨应该也会同意的！"

"不要太勉强了，佩妮。"

"那要开什么会啊？有关投诉的事情吗？三楼好像也接到了不少投诉。"佩妮问。

"对，你们也去过投诉管理局了，现在跟你们说也能听懂了。"

莫格贝里从口袋里拿出一张折得皱皱巴巴的纸给他们看。

"其实我最近因为这个苦恼不已。"

投诉等级：第二阶段——妨碍日常生活

收信方：达勒古特梦百货店三楼

抄送：斯林·戈洛克、乔克·代尔、基思·格鲁尔

＊斯林·戈洛克的"外星人入侵地球"

在梦中极度紧张，出冷汗，起床后会头痛十五分钟。

---

*乔克·代尔的"直击感官的暧昧梦"

过于沉浸于梦境，从床上掉下来，造成轻微挫伤。

*基思·格鲁尔的"怦然心动的大巴旅行"

在梦中乘坐大巴，同行的人在旁边座位上睡着了。怕吵醒他，就让他靠在自己的肩膀上睡，起床之后感觉肩膀和脖子都十分酸痛。

*本报告书以投诉人在睡梦中语无伦次的梦话为基础制作而成，包含了业务负责人的部分意见。

"这些都是我卖过的梦。"

莫格贝里挠了挠头。

"我以为只有斯林·戈洛克的'地球毁灭系列'让人头疼，原来别的梦也这么让人头大啊。"

牟太日说。

"开会时不要这么说，这些制梦人实力和自尊心都很强。不过基思·格鲁尔的'怦然心动的大巴旅行'真的很让人担心。或许该停止销售了，一上市就被人投诉怎么能行呢？"

无梦之人

一个女人正在熟睡。

梦中，她坐在大巴车的一个双人座位上。车正行驶在一条陌生的小路上，可能是路况不好，一个劲儿地哐嘟哐嘟直响，颠得她屁股疼。

更让女人心烦的是坐在她右边座位上的那个男人。男人倚在她的肩膀上睡着了。虽然不知道来龙去脉，但在梦中她和那个男人刚开始谈起心动的恋爱。现实中，女人可能会很好奇那个男人是谁，但不知为何，梦中她却理所当然地接受了那个男人的存在。不过现实的想法总是阻碍梦的进展。

"这辆大巴要去哪里？我晕车，一般只坐地铁……"

做梦的过程中，一旦开了小差，便会止不住地胡思乱想。现在，熟睡中的女人脑海里甚至浮现出以前在地铁里和陌生人发生的不愉快的记忆。陌生人靠着女人打盹，在她肩膀上流了很多口水，突然就离开了。

女人突然有些清醒了，她轻轻甩了甩肩膀，想叫醒靠在她身上睡着的男人，对方却睡得不省人事。他睡着的样子很好看，但怎么能在如此颠簸的大巴车上靠着别人的肩膀睡得这么香，真奇怪。不仅不让人心动，反而觉得他有点厚脸皮了。

女人做了一夜被人靠着肩膀的梦，提前醒了。在梦里被男人靠的右肩醒来后仍然像僵住了一样，很不舒服。不知道是因为肩膀疼才做了这种梦，还是因为做了这种梦，肩膀才疼，理不清其中的因果关系。梦这一复杂的大脑活动和自己沉睡的身体如何相互作用，才会出现这种现象呢？女人心想这也太神奇了，不过禁不住袭来的困意很快就又睡着了。

* * *

到了下周三，佩妮很幸运，早早地结束了工作，高兴地出了百货店。可能是已经过了上班时间，通往产业园区的列车非常冷清。车上的乘客除了两只夜行兽，就是佩妮、牟太日和莫格贝里了。

"莫格贝里小姐会经常像今天这样，和制梦人开会吗？"

"家常便饭啊。我们店里去产业园区最多的人就是我了吧？我真的很喜欢三楼充满活力的梦，但确实有很多琐碎的问题。触觉力度也需要调好……"

和佩妮并排而坐的莫格贝里叹了一口气。

"触觉力度？"佩妮问道。

"嗯……怎么解释才好理解呢？嗯，如果在梦里被敌人打了一枪，醒来之后中弹的部位像真的被枪打了一样疼，就会觉得很害怕，那还会买梦吗？"

佩妮摇了摇头。

"是不是应该把包括疼痛在内的触觉制作得弱一些啊？在梦里感受到的程度没有必要和实际的一样，相反，很多时候触觉都不能像现实中那样强。但是制梦人会觉得'这种程度应该没事吧'，便悄悄提高触觉力度。应该是想要体现生动感觉的欲望在作祟吧。因此，出现了限制压觉或痛觉等触觉力度的法案。这是投诉管理局提议的特别法案，现在也在不断强化。要是以前，基思·格鲁尔的'怦然心动的大巴旅行'不会被划入第二阶段，只算第一阶段的投诉。"

莫格贝里用手绢擦着鼻梁上的汗说。

"今天真热，希望列车能在惊险下坡那段开得快点，能够凉快一点。"

列车长可能也是这个想法，下坡时用的"反抗心"比平时少。列车猛地冲下坡去，佩妮几个人很开心地大声叫喊，一起乘车的夜行兽向列车长抱怨，要是衣服都飞走了怎么办啊。

夜行兽在洗衣店前全部下车后，列车上只剩下佩妮他们三个人了。岩壁小卖部的老板拿着滋补强壮剂无精打采地推销着，佩妮用力地左右摇晃着脑袋，表示不会买。

"那把剩下的报纸免费拿走吧。"

老板大发慈悲似的说着，把报纸扔进了列车里。午饭时间已经过了，没用的菜单从报纸里掉了出来，一同掉落的还有一张巴掌大小的纸片，那是张华丽的红色广告宣传单。

> 富含三十多种情感的雪花冰激凌，
>
> 还有改变人生的签语饼。（先到先得）
>
> "不要错过不期而遇的红色餐车！"

"那是什么？"

佩妮刚捡起脚下的广告宣传单，牟太日和莫格贝里就同时问道。

"就是很常见的广告宣传单，看来不光搭卖午餐菜单，还夹了广告呢。"

过了一会儿，列车爬上了坡，三人到了产业园区，然后径直走向测试中心。那些在树桩模样的投诉管理局之上像被台风吹来的集装箱，就是他们此行的目的地。

不仅是中央广场，投诉管理局也比和达勒古特一起来的时候冷清。可能正是办公时间，大家都在大楼里吧。

他们乘电梯从满是绿植的一楼投诉管理局上了二楼。

"欢迎来到测试中心，请出示出入证。"

站在二楼入口的职员接待了他们三个人。他们拿出挂在脖子上的出入证。

"已经确认好了，谢谢大家。以前使用过测试中心吗？如果需要介绍，我可以提供帮助。"

"不用介绍了，我使用过这里。"

莫格贝里谢绝了。

"好的，我知道了。每个专区都有职员，如果有什么问题，可以随时问他们。所有材料必须先在入口的收银台结完账之后，才能在这里使用或者带走。现在听觉测试专区的工作室一周之内的预约都已经满了，使用时可以参考一下。"

二楼测试中心的内部构造很难让人一眼看清。外表看起来岌岌可危地搭在一起的集装箱，交接部分都由楼梯相连，按楼层计算，共分为三层。

莫格贝里用手指了指分散在上下左右的各个空间。

"这里分为视觉专区、嗅觉专区、触觉专区、味觉专区、听觉专区和其他材料专区。因为测试梦中出现的不同感觉，需要的材料也不相同。每个材料专区都有单独的工作室，工作室实行百分之百预约制，听觉测试专区的工作室总是很难预约。"

佩妮明白了，在外面看到的一个个五颜六色的集装箱都是以特定感觉为主题的独立空间。

"佩妮，你看。这主意不错啊！我们百货店里也能引进就好了。"

牟太日"啪"的碰了佩妮一下，指向了一个角落。

他指的是楼梯下面许多垂直的滑轮，可以运送每一层的东西。装满物品的大铁桶从一楼到三楼，再从三楼到二楼、二楼到一楼，无声地忙碌着。

另一个新奇的东西是门口对面的大型滑梯。一个女人坐着滑梯轻快地从三楼滑到一楼，着地干净利落。她用右手抖了抖裤脚，慢悠悠地走向别处。

"我的朋友们说他们订了一个离触觉专区最近的工作室，我们快去吧。"

莫格贝里在前面领路。

"经过这里的嗅觉专区，再通过视觉专区就能到触觉专区了。"

佩妮一直闻着嗅觉专区散发出来的各种气味，鼻子都有些麻木了。牟太日中途停下脚步，拿起分门别类插在旋转式搁板上的调香套装，闻个不停。

"调香套装适合制梦新人使用。背景创造不熟练的时候，它可以更有效地唤起做梦人脑海里的背景，没有比熟悉的气味更容易唤起记忆的了。"

"是的，我也是一闻到特定的气味就会想起不少回忆。"

两个看起来比佩妮还年轻的制梦人，正拿着几款不同品牌的调香套装相互比较，犹豫着要买哪一套。他们把口袋里的钱都拿了出来放在手掌上数着。

"啊，我还想要一起买本食谱书，还差30斯……"

一个人哭丧着脸说。

无梦之人

负责嗅觉专区的职员站在两人旁边。

"购买调香套装，会赠送几种代表性气味的调香配方。例如米饭的味道、报纸的墨水味道、水产市场特有的味道等。思念的味道根据顾客的文化特性千差万别，所以首先确定好是为什么样的顾客制梦非常重要。"

负责嗅觉专区的职员站在制梦新人身旁，兴奋地解释着。可能是没有机会给经验丰富的制梦人讲解，所以很高兴能找到对象可以尽情展示过去积累的知识。

"你们看到那些圆顶帐篷了吗？"莫格贝里边走边说。

"那些帐篷都是工作室吗？"

"没错。帐篷关着就表示正在使用中，不能随便进去。"

很少有入口拉链敞开的帐篷。除了零星几个，其他的都在使用之中。三个人轻手轻脚地走着，生怕脚步声太响。

"这就像一个巨大的室内露营场。"

牟太日之所以这么说，不仅仅是因为工作室的样子像帐篷，还因为出入工作室的人大部分也都穿着运动服或适合户外活动的功能性服装。佩妮有点担心那些待在工作室里的人，他们一连工作了几天，有没有回过家？

他们现在经过嗅觉专区，往上走，进入了另外一个专区。楼梯旁的空间还奇思妙想地改造成了陈列物品的展厅。

佩妮目不转睛地盯着陈列在那里的巨大调色板。

"哇！据说这个调色板有三万六千种天然色彩。"

"嗯，从这里开始就是视觉专区了。据说一般的颜色都可以用那个调色板调出来，价格也贵，几乎没有人会正确使用。最近好像除了瓦瓦·思丽普勒，没有其他人购买。"

莫格贝里见佩妮目不转睛地盯着调色板，走得很慢，便介绍道。

在视觉专区，除了调色板，另一个吸引佩妮视线的就是制作样品的各种背景块。一个个颜色混合而成的类似黏土的块状物被单独包装了起来，旁边还有搬家箱大小的透明亚克力箱和介绍信息。亚克力箱里孤零零的只有一盏关着的灯。

把背景块放在灯下，就能显示出背景。

购买前请试用。

"这种用来制作样本的'背景块'在适当的光源下，可以在周围狭窄的空间里引发视力错觉。它不用来制梦，而是作为样品在培训新人或制作公司开会时使用。"

莫格贝里打开亚克力箱的盖子，从提灯上的圆孔里把免费体验的背景块放了进去，然后打开电源。深蓝色底子上红黄两色混在一起的背景块瞬间开始萎缩，同时，背景逐渐在提灯的周围晕染开来。没过多久，亚克力箱里就像傍晚的天空一样被染红了。在宛如海边傍晚一样浓郁的深蓝色背景下，红色和黄色的烟花开始爆炸，牟太日和佩妮紧紧地贴在箱子上，连连感叹。

"离得太近会伤到眼睛的。"

莫格贝里警告道。

佩妮好想把所有的感官专区都慢慢看一遍，但味觉、听觉和其他材料专区在相反的方向。

刚到视觉专区旁边的触觉专区，就见一个女人站在帐篷前，看到莫格贝里高兴地挥了挥手。她的头发随意地卷了卷，高高绑在头顶，脚上穿了一双厚底拖鞋。

"你出来啦！"

莫格贝里高兴地打了声招呼。

"欢迎你来，莫格贝里！谢谢你来这里。"

"这是斯林·戈洛克。打个招呼，这是我们店的职员佩妮和牟太日。"

"你好，我叫佩妮，在达勒古特梦百货店一楼服务台工作。"

"我是牟太日，在五楼工作。"

"你们来得正好，快进去吧。乔克·代尔和基思·格鲁尔马上就到了。我们先进去等他们吧。"

走近一看，斯林·戈洛克像是熬了三个通宵一样，脸十分憔悴。她每走一步，拖鞋底部的鞋垫就会发出扑哧扑哧漏气的声音。

他们跟着斯林·戈洛克进了帐篷，里面非常整洁，除了常见的影像设备和看似粗糙、用途不明的机器之外，没有其他多余的物品，摆设非常简单。帐篷足够宽敞，大概可以轻松容纳十个人，用的是挺阔的白色材质，没有一点褶皱。

"斯林，你又在公司熬夜了？不要太劳累了。"

莫格贝里看着戈洛克的脸色，很是担心。

"最近为了新作品很苦恼。啊，对了，莫格贝里，在他们两个人来之前能一起看下我的新作品吗？也麻烦两位说说真实看法。"

斯林·戈洛克从一个带锁的箱子里拿出一个背景块，然后把它放在帐篷中央的灯下。

"来，这是第一个候补新作品，应该不需要说明。"

她刚按下遥控器，背景块就融化开来，白色的帐篷渐渐染成了各种颜色，然后瞬间帐篷里变得一片漆黑。突然听到周围有装子弹的声响。仿佛有人从外面进来搜查黑暗的工作室，一道亮光从佩妮眼前闪过。刹那间，一个洪亮的声音喊道："在那儿！"与此同时出现了一群持枪的机动队。

佩妮虽然脑子里明白这一切只是影像，身体还是本能地想钻到桌子下面躲起来，好不容易才清醒过来。牟太日和莫格贝里却只是百无聊赖地坐在那里。

"大家觉得怎么样？"

斯林·戈洛克观察了一下三个人的神色。

牟太日单刀直入地做出了评价，简直让人无法相信两人今天是第一次见面。

"要在敌人突袭的村庄里生存下去，让人有一种紧迫感……随着窗外闪现敌人的身影，气氛紧张得令人窒息。刚刚开始冒冷汗，却在最关键的时刻，突然醒了。这和去年第一季度的作品几乎一模一样啊，只是把外星人变成了机动队。五楼有很多跟这个差不多的梦。顺便说一下，五楼的梦都是其他楼层卖剩下的。"

斯林·戈洛克听了牟太日犀利的直言受到了冲击，目光呆滞，一个劲儿地转着毫不相干的圆珠笔。她周围好像没有这么直率的职员。

"嗯，那你们再看看这个怎么样。"

斯林·戈洛克从带来的箱子里又拿出了一块，放在提灯里，按了一下遥控器。

这次帐篷里变得像夜空一样漆黑，燃烧着的陨石径直朝工作室飞来，"哐哐哐"的响声震天动地，十分真实。佩妮内心在想要不要冲出帐篷，但表面上仍故作镇定。在一片混乱中，莫格贝里冷静地观察着，并在纸上不停地记录着什么。牟太日的嘴唇嚅动着，似乎想马上就给出尖锐的批评。

"怎么样？"

斯林·戈洛克这次问佩妮。

"影像非常美。"

佩妮坦率地说出了自己的看法。

"你真的这么认为吗？谢谢你，佩妮！"

"但这也是以前就制作过的，只是影像越来越好了而已……这个可能也很快就会在五楼看到……"

最后一句话虽然是牟太日的自言自语，但在狭小的帐篷里很难不被别人听见。佩妮戳了一下牟太日的肋下。

斯林·戈洛克沮丧地从提灯里拿出背景块，随手塞进箱子里。不知不觉间，帐篷又重新变回了白色。

"问题出在哪里呢？"

"似乎过于把焦点集中在制造紧张氛围上了。"

莫格贝里看着记在笔记本上的内容，开始理性地指出问题。

"当然，'斯林·戈洛克影片'的梦非常优秀，但是最近能够感受到逃脱快感的梦更受欢迎。从我们百货店三楼的情况来看，很多顾客喜欢购买可以满足英雄心理或像玩游戏一样痛快刺激的梦。"

这时，帐篷外面挂的小铃铛摇晃起来，发出了声响。

"他们两个人终于来了。"

斯林·戈洛克刚从座位上站起来，两名男子就进了帐篷。

"我们来了，没有太晚吧？"

说话的是基思·格鲁尔，他每次失恋都会剃光头发，所以头发总是很短。和他一起来的男人，一头齐肩长发打理得很帅气。

"你好，莫格贝里。还来了两位没见过面的梦百货店职员啊！我是乔克·代尔，制作情爱梦，代表作品有'直击感官的暧昧梦'系列。"

乔克·代尔一口气介绍完了自己。

佩妮和牟太日不禁发出低沉的感叹。虽然不是雷鸣般的掌声，但他们的这种反应不亚于在说"我是你的粉丝"。乔克·代尔露出了满意的笑容，像是在回应他们的支持。

"我和他不同，我喜欢把柏拉图式的爱情融入作品之中。"基思·格鲁尔插了进来。

"在这个世界上，纯粹的精神恋爱价值非常低。我是更高级的……"

"你讲究恋爱的层次，所以你的头发永远留不长。"乔克·代尔神气地捋了捋头发。

"莫格贝里，你有话对我说吗？我也大体了解了。"

基思·格鲁尔还没等莫格贝里开口就先发制人了。

"既然你知道了，那就更容易办了。对，没错。'怦然心动的大巴旅行'好像需要全部召回。"

"这样啊，没有别的办法吗？"基思·格鲁尔坐下来，苦涩地说。

"让我们一起来讨论下接下来该怎么做。"

"这样比较好，我们三个人都有着相似的工作方式和烦恼。"

"三位的工作方式相似吗？看起来完全不一样。"

牟太日十分惊讶。

"我们的主要特技都是触觉，这点很相似。制梦人在出道前就知道，自己对什么感觉有天赋。"乔克·代尔说。

"反正要在梦中把五种感觉都完美呈现出来几乎是不可能的，因为会与做梦主体的真实感觉不断地进行相互作用。这就是为什么大多数制梦人都把注意力集中在一种主要的感觉上，而不是要把所有的感觉都呈现出来。这样效果反而更好。当然，传奇制梦人擅长所有的感觉，所以他们很有名。"基思·格鲁尔补充道。

"我们三个制梦人，在触觉方面名副其实最为优秀。"

斯林·戈洛克自信十足。

佩妮非常钦佩她能说出自己在某项工作上很有才能。

"所以说啊，如果你们更加专注于触觉，大胆地省略背景设定可能会好一些。我认为你的梦问题也在于不能让人沉浸其中，这样其他感觉都会变得不自然。没必要只关注起床后肩膀疼痛的现象，触觉的力度现在已经够低了。"

莫格贝里斩钉截铁地说。

"你是说不要人为设定全部的背景，而是让人们脑海中的回忆自然地成为背景？"

"嗯，就是那样。"

"我也觉得你说得挺有道理。如果能和回忆融为一体，可以制造出很强烈的紧张感，梦费会收到很多'心动'。像现在这样硬要制作背景，只会增加失败的可能性。因为不是任何人都能像瓦瓦·思丽普勒那样可以创造出完美的背景。"

乔克·代尔同意莫格贝里的想法。

"是啊，如果大家都这么想……可以测试一下吗？正好来了两位合适的测试者。"基思·格鲁尔看着佩妮和牟太日说。

"我也带来了样品。"乔克·代尔也从袋子里掏出箱子。

"测试者……是说我们吗？"佩妮指指牟太日，又指指自己，问道。

"没错，我先来吧。"

"随便你们测试。"

基思·格鲁尔从座位上站起来，在提灯下放了一个没有任何颜色和花纹的背景块。打开电源，与之前斯林·戈洛克展示的样品不同，什么都没有发生。

"你们两个人稍微碰触一下食指指尖。"

两人一头雾水，按照格鲁尔的指示慢慢地碰了一下手指尖。久违的心动感觉顺着指尖传遍了全身。佩妮像是学生时代不小心碰到了邻座男孩的手指尖一样，心扑通扑通地跳了起来。令人无语的是，指尖上还涌动着"就这样牵一下手怎么样"的冲动。

牟太日和佩妮似乎同时感受到了这种情感，猛然从椅子上站起来打了个寒噤。

"你干什么！"牟太日喊道。

"我什么都没做。你，想干什么？"佩妮也不甘示弱地反驳道。

"你们两个，都怪我太厉害了，不要吵了。"

基思·格鲁尔摸着自己的光头，有些尴尬。

"那刚才你们两个人想起什么背景了呢？"

佩妮冷静下来后，平静地答道："我想起了学生时代的教室。"

"什么？我的背景是一家常去的餐厅。"

牟太日和佩妮一起惊讶地看着基思·格鲁尔。

"非常成功啊！非常棒！如果大家都能想起适合自己的背景，那就不必执着于制作背景了。"

"真是神奇！怎么能通过指尖相碰的感觉就能记起不同的

回忆呢？"

牟太日似乎有些仰慕基思·格鲁尔了。

"因为你的身体里储存着很多美好的回忆，不管是实际经历，还是通过看电影、电视剧获得的间接体验，都无所谓。无穷无尽的回忆任何时候都会成为很棒的梦中背景。只要给一些适当的刺激，通过一些方式，就像现在这样碰触指尖，或是闻到特定的气味、听到声音等。"

佩妮觉得这非常美妙，储存的大量回忆随时都可以成为梦中背景，她从未这么想过。

"好的，那也拜托你们测试一下我的吧。同样的，只要稍微碰触一下指尖就可以了。"

接着，乔克·代尔把样品放到了提灯里。

牟太日和佩妮头脑一热，也欣然地答应了乔克·代尔的测试要求，但在触碰手指之前，脑海中突然间闪过了一丝不安，因为制梦人乔克·代尔制作的是情爱梦。

佩妮祈求着千万不要发生自己想象的事，用手指碰了一下牟太日胖乎乎的指尖。

一股战栗的感觉麻酥酥地从指尖顺着胳膊肘蔓延到全身。佩妮生出一种恐惧。虽然动作和刚才一样，感受却完全不同。这是一种非常强烈的情感，似乎两个人谁先开始亲吻对方都很自然。佩妮差点跑出了帐篷。牟太日吓得猛然从椅子上站了起来，也是一脸不悦。

"从反应来看，我的实力也没有消减。"

乔克·代尔很满意。

"不要再让我做这种测试了。"

牟太日红着脸打了个寒噤。

之后，莫格贝里和三位制梦人又聊了很久，主要在探讨如何呈现和保存五种感觉，如何让真实时间和梦中时间不同步等。

佩妮拼命地掐着大腿，在复杂的谈话旋涡中忍受着困意。

"我还要向达勒古特先生报告，这个样品我拿走啦。"

莫格贝里往后推了一下椅子，起身要去拿样品，佩妮被椅子的动静给吓醒了。

"你们谈完了吗？"

牟太日挠挠脖子后面，懒洋洋地问。

显然，牟太日也在打瞌睡。

"哎哟，你一直在打瞌睡吧？"

"啊，不是的。我都听到了。"

"说谎，那你说说，他们三个人决定制作什么新作？你如果听到了，应该知道吧。"

"嗯，那个……三位要一起制梦，那就是这个，这个梦将心动、奇特和壮观的场面均匀融合……在梦中和单恋对象一起克服危机，情深意切，然后在炮弹横飞的战争背景下接吻……？"

莫格贝里一脸惊讶，牟太日随口一说，竟然还说中了。

"就你会说。"

"好了，我们该回公司了。哦，好累啊。"

斯林·戈洛克打着哈欠从座位上站了起来。

"我们也赶紧买些材料回店里吧，就是斯皮多要的材料。"

莫格贝里一边收拾包，一边说。

他们出了帐篷便各自走了。

"来，现在需要购买这些感觉材料，买完这些今天要做的事就结束了。每个感觉专区都比较分散，我们每个人买一种吧。每个专区都有工作人员，如果找不到就问一下。"

莫格贝里把需要的东西写在便条上交给佩妮和牟太日。

"买完后在入口处的收银台见！"

一眼就能看出来，莫格贝里推给牟太日和佩妮的东西比自己要买的多得多。没等牟太日和佩妮开口说话，她就挥了挥手，嗖的一下消失在帐篷之间了。

"我去那上面。"

牟太日指了指最上面的听觉专区。

"下楼时也许可以坐一下滑梯……"

"那我去那边吧，回头见。"

佩妮迈着小碎步匆忙地走向其他材料专区。

其他材料专区牟太日应该会喜欢，因为这里与达勒古特梦百货店五楼的氛围非常相似。这里顾客很多，职员的数量却明显不足，材料好像得自己查找了。佩妮提着一个黄色的篮子，开始正式逛其他材料专区。

这里陈列着许多一眼看不出用途的物品。佩妮像抵达藏宝岛的海盗一样瞪大了眼睛。她努力不忘记自己的任务，在一堆似乎一碰就倒的工具下面，迅速地查看了一下莫格贝里写的目录。

"让我看看，在这里要买十二个'清爽薄荷'和两套'猛然转移的重心'。"

佩妮经过一个推车，推车上面放了一些臭烘烘的篮子和不知装了什么的铁桶，好不容易才找到了需要的东西。一觉醒来倍感清爽的"清爽薄荷"只能用于三十分钟以内的午觉梦，而"猛然转移的重心"上则写了几页的注意事项：

在睡眠状态下，可以把重心一下子后移，将困意瞬间驱散。可能会因受惊而发出滑稽的声音；坐在椅子上时，也可能会造成挫伤及其他重大伤害，切忌用于老弱者。另外，请务必遵守推荐量……

"变鲜明的色素"很浓稠，只需滴上一滴，一桶水都会变色，一旁还放着"吸取滴管"。从商品说明来看，这个工具是用来吸取颜色或错误添加的材料的。

佩妮在按大小排列的滴管前发现了一个莱夫拉恩精灵在哼哼唧唧。精灵用力抱住滴管的橡胶头，使劲想按压一下，结果却不如人意，于是便对职员发起脾气来。

"再做个更小的吧！工匠不择工具，这些老话早过时了！"

佩妮忐忑不安地看着莱夫拉恩精灵走了过去，担心他会把玻璃滴管掉到地上。果不其然，没过多久，从莱夫拉恩精灵那里就传来了"哗啦"一声。

为了躲避喧嚣，佩妮走到了里面。她要找一盘名为"熟睡用白噪声"的盒式磁带。看名字好像是在听觉专区，但便条上写着"在其他材料专区"。她相信莫格贝里应该没有写错，所以蹲下来把最下面的一格货架也都确认了。最后，终于发现了一个装满磁带的箱子，心中高兴极了。

佩妮把"熟睡用白噪声"放进篮子，站起身来，发现对面过道有两个认识的人。

原来是奇科·斯莱姆博和制作动物做的梦的艾尼莫拉·班乔。

他们似乎没有看见佩妮。

"班乔，什么材料你买了那么多？"

奇科向两手都拿着材料的艾尼莫拉·班乔打了声招呼。

"您好，斯莱姆博先生！我不能经常下山，所以想一次多买点儿回去。如果去年没有获得畅销奖的奖金，就不能买这么多了。"班乔温和地笑着说道。

"那个透镜是新产品吗？"

奇科·斯莱姆博轻轻地抬起一支拐杖，指着什么问道。从佩妮站的地方看不太清楚。

"啊，这个叫'青蛙透镜'。我也是第一次戴，说是能呈现青蛙的视野。我想制作一款青蛙可以做的梦。斯莱姆博先生也戴上试试吧，您不是制作成为动物的梦嘛。"

"青蛙的视野应该会看到一片灰色吧。很可惜，在制作成为青蛙的梦上，应该没有什么用。"

"为什么呢？"

"如果在梦里用青蛙的视野看世界，比起'我现在变成了一只青蛙'，人们会想'嗯？为什么看起来会这样呢？'，反而很难集中精力。人们想体验的是青蛙用后腿使劲跳，或在陆地和水中来去自由的感觉。"

"听您一说还真是这样。对我来说，我是人，想呈现出动物的感觉，需要专注于动物的感觉本身。而对斯莱姆博先生来说，比起完美呈现动物所拥有的感觉，应该更注重于突出动物那种特有的超强能力。我以前还以为我们制作的梦很相似呢，看来今天又学到了一个新知识。"

佩妮为了不妨碍他们认真地谈论工作，悄悄地向反方向走去了。

拐角尽头的布袋里装着各种粉末，佩妮看着布袋，向工作人员走过去。

"这是什么？"

"情感粉末。"

工作人员吃力地扶起一个倒在一侧的布袋回答道。

"是把情感做成了粉末形态吗？"

"是的，情感粉末比原有的形态更加浓缩，用量也比液体形态更难调节，用途有限，只能用来制梦。用小勺盛出想要的量装进这个袋子里就可以了。当然，各种情感每克的单价都不一样。"

佩妮觉得这里就像小时候周末和父母一起去的那个小镇市场。按照自己的需要盛一点，上秤核算价格的样子勾起了她对过去的怀念。

佩妮东张西望地走到了放置负面情感粉末的地方。这里很少有人来，不知为何有些阴森。她刚想转身溜出去，但听到角落里有人在窃窃私语。佩妮认识那两个在暗红色"负罪感"粉末前压低声音秘密交谈的人，正是制作"噩梦"的马克西姆和圣诞老人尼古拉斯。

"幸好'负罪感'的价格还是很便宜，我们需要很多。"

"我也没想到生意会这么好。马克西姆，你很像阿特拉斯，但又不一样。我更喜欢你。"

尼古拉斯轻轻拍了一下马克西姆的后背，哈哈大笑起来。

"阿特拉斯？"分明在哪里听到过这个名字，但记不清是在什么地方了。佩妮怕这样一言不发会让人误以为她在偷听，于是故意把身旁的布袋摸得沙沙响，弄出了动静。

"哈哈，你好！在这儿遇见啦。"

马克西姆在意想不到的地方遇到了佩妮，似乎很吃惊，盛的满满一勺"负罪感"粉末洒了一地。马克西姆弯下腰，下意识地用手去扫"负罪感"粉末，可能是因为这个原因，他突然开始被负罪感折磨起来。

"啊，真是的，应该小心不让粉末洒出来的，都是我的错。我真是一个无可救药的傻子。"

马克西姆撕扯着头发痛苦不已，佩妮也不知所措。

"怎么办呢，不过要这么多'负罪感'干什么呢？"

"啊，那个……这是商业机密，对不起了。"

对于佩妮无意提出的问题，马克西姆显得痛苦不堪，似乎在遭受该真心告知还是该保守秘密的煎熬。

"你不用回答，应该是制作新作品需要的吧。先把洒落的粉末收拾起来吧。"

"处理这种情感粉末时，一定要戴好口罩和手套，这样就没问题了。"

尼古拉斯走到自责的马克西姆前面，安慰佩妮道。

尼古拉斯戴上布袋旁放的一次性口罩和手套，弯腰重新收拾起洒在地上的"负罪感"粉末。佩妮也赶紧戴上手套弯下腰来帮忙。

这时，一沓纸从弯着腰的尼古拉斯的马甲口袋里掉了下来。

> 富含三十多种情感的雪花冰激凌，
>
> 还有改变人生的签语饼。（先到先得）
>
> "不要错过不期而遇的红色餐车！"

尼古拉斯慌慌张张地一把抓起那沓纸，塞进兜里，"咳咳"地干咳了两下，同时还不忘观察一下佩妮，看她是否看清楚了。他的样子有些反常，但佩妮本能地装作没看见。那分明是刚才在小卖部见过的夹在免费报纸里的广告宣传单。

"话说回来……佩妮小姐，你来这儿有什么事吗？"

尼古拉斯装作若无其事地问道。

"我也是要在这里买点东西，并不是想妨碍你们。哎呀，这个时候我不能在这里干站着了，我先走了。"

佩妮想起莫格贝里和牟太日应该在等她，便急急忙忙地离开了。不出所料，莫格贝里已经在门口等着她了。

"牟太日还没到吗？"

"他还在那儿玩那个。"

莫格贝里指了指大型滑梯，牟太日正高举着双手从滑梯上滑下来。

"牟太日，够了！这已经是第五次了。"

牟太日眉开眼笑地朝佩妮和莫格贝里这边走来。

"这个地方真有趣！佩妮，你怎么这么久才来啊？"

"找东西花了很长时间，又碰到了认识的人。我遇到尼古拉斯和马克西姆了。"

"尼古拉斯？他淡季的时候，不是只待在万年雪山的小屋里吗？"

牟太日边扯着滑滑梯时卷上去的裤脚边说。

"莫格贝里，尼古拉斯不过圣诞节的时候，在淡季做什么呢？他好像和马克西姆在一起做什么事……两位会一起制作什么新梦吗？你知道什么吗？"

"我也不太清楚。听说最近尼古拉斯不待在小屋，经常来市区，但和马克西姆一起在做什么，我就不知道了。"

"我感觉当时的气氛不适合问他们，就没问。早知道就问了。他们还购买了很多'负罪感'粉末。"

佩妮眼神里充满了好奇。

"你说'负罪感'粉末？要用它做什么呢？"

莫格贝里很是惊讶。

"这个材料很适合马克西姆用，看来他今年要制作更加可怕的噩梦了。不过制作噩梦的马克西姆和在圣诞节为孩子们制梦的圣诞老人，他们这个组合……圣诞老人不会有了折磨孩子的恶癖吧？"

牟太日开玩笑地说。

"怎么可能呢？"

佩妮后悔刚才没有向马克西姆追问到底。

6. 淡季的圣诞老人

　　第二天，佩妮起得有点晚。天气依旧炎热，她出门小跑了一会儿，鼻梁上便冒了汗，于是放慢速度走了起来。可能没有时间在梦费仓库看《最佳解梦》了，但就算走这么慢，也不至于迟到。

　　商业街的地面跟平时一样干净，没有一个脏脚印。但从莱夫拉恩精灵鞋店的围墙开始，周围的电线杆上都贴了厚厚一层广告宣传单，看起来又脏又乱。一群身穿睡衣的人正聚在一起看墙上的广告宣传单。佩妮也在他们身后踮起了脚尖。

富含三十多种情感的雪花冰激凌，
还有改变人生的签语饼。（先到先得）
"不要错过不期而遇的红色餐车！"

165

无梦之人

　　这是去测试中心时，从尼古拉斯口袋里掉出来的那份广告宣传单。难道这些都是尼古拉斯贴的吗？他为什么突然决定投身到餐车事业了呢？广告宣传单贴得很高，正适合大人们看。受孩子们欢迎的冰激凌广告，全都贴在大人才能看到的高度，这有些奇怪。别人可能会出现这种问题，但营销实力出众的尼古拉斯是不会放过这些细枝末节的。

　　环顾四周，并没有看到红色餐车。佩妮想了一会儿，转过身去。汗珠顺着她的后脖颈在往下流。佩妮忘掉现在吃不上的雪花冰激凌，想着赶紧到店里去吹吹空调的凉风。

　　百货店没有预期中的那么凉爽。韦德阿姨比佩妮来得早，正站在服务台用手扇着风。

　　"韦德阿姨，空调该不会是坏了吧？"

　　佩妮把头发扎紧，看着用手扇风的韦德问道。

　　"听说昨天晚上突然出了故障，修理工要下午过来。在那之前，只能先敞开大门坚持一下啦，真担心顾客们能不能受得了。"

　　"怎么会这样？我可能在下班前就热死了。"

　　"把天花板上的吊扇开到最大挡吧。对了，投诉管理局的人问我们之前拿回来的投诉处理好了没有，让我们给个回信。我已经跟各个楼层的经理说过了，让他们提前做好材料，今天大概都做完了。你上午能去各个楼层收一下材料吗？我现在要去个地方。"

"好的，我知道了。您要去哪里？"

"……我要去银行存梦费。"

韦德故意装作没看见大汗淋漓的佩妮，回答道。

"您要去银行啊……银行应该会很凉快。"

"别用那种眼神看我，佩妮。我绝对不是为了吹空调才去银行的，今天要存的梦费特别多，我能怎么办呢？"

韦德阿姨走出了敞开的大门，她的脚步看起来很轻快。

佩妮决定在顾客大量涌入之前，先去各个楼层收一下投诉处理材料。二楼没有投诉，所以她直接上了三楼。

"给你，佩妮。三楼的投诉只有这些，有些已经解决了，有些详细备注了对策，投诉管理局应该也会满意的。"

莫格贝里递给佩妮几份文件。这些文件用花花绿绿的回形针整理好了，还用五颜六色的荧光笔做了标记。这种处理方法确实像她的风格。

四楼的斯皮多也不负所望，已经准备好了所有的材料。

"韦德女士拜托我的那天就已经做好了。怎么现在才来拿啊？"

"那您可以直接送到服务台啊……您手里的材料不给我吗？"

"这是我的那份，用来备份。明年的年薪协商也需要提前做好准备，一定要把复印件留好，佩妮。"

最后，佩妮到了五楼，对看见的第一位职员说："我是来拿投诉处理材料的。"一听这话，不仅那位职员，就连牟太日也忙着躲避佩妮的眼神。

"还没处理好吗？"

佩妮热得有点不耐烦了，稍稍提高了嗓门。其他职员用力推了一下牟太日的后背。

"佩妮，你看我们这里的情况，哪有工夫管这种小事？随便搪塞过去就可以了。以前也跟你说过，我真是无法理解对五楼的投诉。这里可是折扣区啊！有瑕疵才卖得便宜嘛。通融一下吧，我做材料真的做得很糟糕。"

佩妮第一次知道原来牟太日也有不自信的事。

"牟太日，就像你说的，五楼也应该有个经理了。"

佩妮回到服务台整理投诉处理资料时，发现了一个情况。除了投诉的顾客之外，还有两名常客最近不再光顾百货店了。他们是330号顾客和620号顾客，但怎么找也没找到他们的投诉内容，就这样毫无征兆地突然不来了。

佩妮一只手扇着风，另一只手打开梦费支付系统，想查找一下330号和620号顾客的信息。天花板上的吊扇已经开到了最大，但还是不敌酷热。

佩妮实在是太热了，无法专注地看屏幕上的内容，她站起来准备去休息室拿杯冰水。这时，大厅里的顾客突然指着马路对面，蜂拥而去。

"银行前面来了一辆红色卡车！"

"广告里宣传的那辆红色卡车？可以吃到雪花冰激凌吗？"

正如他们所说，真有一辆红色卡车停在了银行前面。

"为什么大家都这么激动啊？"

韦德恰好从银行回来，她咂着舌头说道，刚才看到好多人挡在银行前面，吓了她一大跳。

一到午饭时间，佩妮便跑向了卡车。她已经热得没有胃口吃饭了，只想吃点凉爽的东西。现在聚在人行横道附近的人比平时足足多了两倍。

在很多类似煮着洋葱牛奶的热食餐车中间，只有红色餐车散发着冷气，周围非常凉爽。

周边其他餐车的老板有的走出餐车，瞥了瞥红色餐车，有的在无精打采地搅着牛奶。洋葱牛奶没有卖完，剩下了很多，煮的时间太久了，可能是粘在了锅底上，气味比平时更加浓重、难闻。

佩妮排在购买雪花冰激凌队伍的最后面。她一眼就认出了在红色餐车里忙碌的那两个男人。不出所料，正是尼古拉斯和马克西姆。尼古拉斯正忙着把冰激凌装进一个圆形水晶杯里，递给顾客。他那一头洁白的短发和胡须，还围着一条更白的围裙，看起来就像一个移动的雪人。

"两个含有'刺激'的冰激凌，对吧？"

一个学生接过如雪般松软的绿色冰激凌，举着它从佩妮身旁走了过去。他拍完打卡照片，刚吃了一口，就浑身颤抖地感叹道：

"哇，就是这个味道！"

隐约可见的冷藏柜里，放满了结着薄冰的碳酸饮料。这些饮料"含有17%的清凉感"，佩妮以前也喝过，貌似是尼古拉斯从雪山上带来的。

另一边，马克西姆一脸认真地站在里面的烤箱旁，他的黑围裙上沾满了白色的面粉。

只见他从烤箱里拿出一盘松软的黄色面团，然后把事先准备好的细长纸条塞进面团里，又迅速地折起来，手法很熟练。

"那个人在做什么呀？"

人们看着马克西姆窃窃私语。

"久等了，签语饼出炉了，先到先得，免费赠送。"

马克西姆在一个装满签语饼的盘子边上竖起了一个巨大的指示牌。

> 让您产生积极变化的签语饼。
>
> 吃得越多，效果越好，
>
> 每人仅限一个。
>
> （注意：签语饼里的信息只能自己看！）

买到冰激凌的人开始去拿签语饼。佩妮既想赶快拿到一个签语饼，又担心万一离开买冰激凌的队伍，位置会被挤到后面去。她想知道签语饼的数量够不够，于是默数起前面的人数，忽然意识到前面那个正精心挑选冰激凌的男人是达勒古特。

"达勒古特先生！"

佩妮高兴地叫道。达勒古特吃着绿色冰激凌，来到佩妮身边。他没有拿签语饼。

"佩妮，这个冰激凌真好吃。但这辆红色卡车是谁的品位，不是显而易见的吗？"

"我完全不知道尼古拉斯和马克西姆开始了新事业。您不拿那个签语饼吗？是免费的呀！我想吃一个。"

"佩妮，你吃尼古拉斯免费赠送的签语饼，要做好准备，小心睡不踏实。尤其是跟马克西姆一起制作的签语饼……说不定会做噩梦。"

达勒古特意味深长地说。

无梦之人

＊＊＊

　　在某个公寓小区，一对年轻夫妇和一个抱着宠物猫包的少年在上行的电梯里。夫妻俩偷偷地看了看少年抱着的猫包。

　　"猫咪好可爱啊。"

　　"您喜欢猫吗？"

　　"喜欢。猫咪太可爱了，想养一只但一直没机会。如果不能悉心照顾，还不如不养呢。"

　　妻子柔声细语地说。

　　"是的，我妈妈也说过养动物要有很大的责任心。我家的猫其实是从动物救助中心带回来的，好像是被以前养的人抛弃了。"

　　"好可怜啊！人怎么可以这样呢？"

　　"是吧？如果大家都像叔叔和阿姨一样就好了。我先下电梯了。再见。"

　　少年下了电梯后，不知有什么好笑的，夫妻俩突然失声大笑起来。

　　"他的爹妈也够心烦的，管了孩子，还得管猫。"

　　女人立马变了脸色说道。

　　"好可怜啊！人怎么可以这样呢？"

　　男人模仿着刚才女人说过的话，笑了起来。

　　"不要取笑我。"

这两个人真是天生的一对，行为和思考方式都很相似。

他们住在以前的房子里时，一时冲动把一只猫带回了家。搬到现在这个房子前，就像放归大自然似的，毫无负罪感地就把那只猫扔在了街上。那只猫站在马路对面没有走远，一直盯着他们看，那个眼神至今犹在眼前。

"我们不是有苦衷嘛。"

"没错，我也不知道我会对猫毛过敏。"

"事先不知道，也没办法啊。"

他们找了各种理由：家里环境不好、身体不好、生活很辛苦等等。他们从不考虑别人的难处，却给自己的行为找了各种冠冕堂皇的理由。

假装亲切很容易。假装考虑周全，不喜欢给别人添麻烦，假装喜欢孩子和动物，这些对他们来说都是小菜一碟。他们哄骗那些无处可去的孩子，巧妙地骗取救助金，却一点后果也没有。他们只知道耍小聪明挣黑心钱，没有任何的负罪感。他们没有什么工作，靠那笔钱吃香喝辣，日子过得很舒服。

看到眼尖的邻居们对自己指指点点，也见过指责他们的文章，他们对这些都装作不知道，等实在住不下去了就搬家了事。

"哎呀，躺着好舒服。这次赚的钱还可以，果然人还是要动脑筋。"

这对夫妇躺在一间装饰豪华的卧室里。

"你真没良心，不觉得对不起那些孩子吗？"

"觉得对不住他们，所以才买了套1万元❶的学习用品嘛。他们还说'叔叔，谢谢您'呢。"

听了丈夫的话，妻子笑得都快窒息了。

"好名声和好良心都不会让我们睡得这么舒服。"

"你说得对。"

臭味相投的夫妻俩盖上柔软的被子，开始呼呼大睡起来。

***

两人在梦里见到了聚集着人群的红色餐车和免费的签语饼。

他们没有察觉到，睡着之后的行动就不像平常装得那么巧妙周全了。夫妻俩干脆明目张胆地露出了恶劣、自私的天性。

两人仿佛事先制订好了作战计划一样，一个用身体挡住装有签语饼的盘子，另一个粗暴地推开围过来的人，将免费的签语饼一扫而空。

他们不管周围其他人看到空盘子会不会失望、会不会指责他们，两个人满意地笑着，贪婪地把签语饼塞进嘴里。

"咦，这是什么？"

---

❶1万韩元约等于60元人民币。

妻子发现急匆匆嚼了的签语饼里有张纸条，她用手把纸条从嘴里掏了出来。

——做了坏事就会睡不踏实——

"这是什么鬼话啊，真让人不爽。"

妻子皱起了眉头。

"什么呀？扔了吧。"

丈夫一把抢过纸条，把它揉成一团扔到地上。然后两人把剩下的饼都塞进了嘴里，夹杂着暗红色光泽的奇妙签语饼香甜可口。

两人吃了很多签语饼，没过多久睡得更沉了。

在梦里，两人被一只巨大的猫追赶着。那只猫有一座房子那么大，在身后一百米处威胁着他们。两人被吓坏了，但每逃走一步，猫就会靠近他们十步。猫嘴里吐出火一般的热气，把他们的后脑勺烧得发烫。

刚意识到那只猫好像是他们以前扔掉的，那只猫立刻变成了几百个孩子。孩子们像松树一样挺立着，肩膀搭着肩膀，把两人围了起来。然后慢慢缩小范围，像是要把他们挤成薄煎饼似的。

"你们为什么那么做？以为没人知道吗？为什么那么做？为什么！"

　　巨大的孩子们睁着空洞的眼睛，喃喃自语的声音听起来很吓人。两人想要逃走，但每动一下身体，就会慢慢地往泥泞的地里陷得更深一些。

　　"打起精神来。这是梦，不可能是真的！"

　　为了从睡梦中醒来，他们拼命挣扎着动了动脚趾和手指尖，试图睁眼起来。

　　可能是挣扎起到了作用，他们一下子睁开了眼睛。环顾四周，原来还在他们睡觉的卧室。

　　"啊，果然是个梦啊。"

　　安心地松了一口气，想要看一下躺在旁边的另一半时，头却转不动了。

　　"哎……"

　　这次想开口说话，下巴却动不了，嘴唇也像黏上了胶水一样张不开，用尽全力也只能哼哼几声。

　　头转不动，只能看到卧室里的窗帘。记得没打开窗户，窗帘却被风吹了起来。被风吹起的窗帘像鬼的头发一样分成了两半，刚才的那只猫又从中出现了。他们"啊！"地喊叫了一声，却没发出任何声音，这时那只巨大的猫跳起来，扑向了他们两个人。

6. 淡季的圣诞老人

***

"啊！啊！"

这下是真的叫出了声，两个人同时醒了，都是大汗淋漓，头发紧贴在额头上。他们按住怦怦直跳的心安慰自己说，只是做了个噩梦而已。

"难道是做了一个有负罪感的梦？不会的，我不可能那样。"

当再次入睡时，类似的噩梦又反复出现了。两人平生第一次在恐惧中颤抖。不知道噩梦会一直持续到什么时候，现实可以逃离，梦却不同，在梦里根本无法随意活动。哪怕只睡了五分钟，实际上体会痛苦的时间却似乎多出了好几倍。夫妻俩熬了一夜，眼里布满了血丝。这是他们人生中最漫长最恐怖的一夜。

从那天以后，虽然不是每天晚上都做噩梦，但等快要忘记的时候，又会重复那天的噩梦。他们不睡觉无法生活，可睡觉的时候又无处可逃。在越来越多的日子里他们蜷缩着睡觉，祈祷可以安然无恙地度过一夜。当然，他们并不知道自己的罪行即将公之于世，现实也将成为一场噩梦。不管怎样，他们可以踏实睡觉的日子好像不会轻易再有了。

无梦之人

＊＊＊

"那个签语饼里有'负罪感'？所以上次在测试中心碰见你们的时候，买了那么多'负罪感'粉末啊！"

佩妮有点激动地说。

"嘘！小声点，佩妮小姐。"

尼古拉斯让佩妮安静下来。他和马克西姆准备的冰激凌和签语饼瞬间被抢购一空，佩妮和达勒古特正在帮他们收拾东西。

"达勒古特先生，您知道饼干里有'负罪感'吧？所以才不吃。"

"是的。"

"刚才那两个人会不会有事啊？他们什么都不知道就把签语饼洗劫一空了，可能会被巨大的负罪感困扰。喊，好歹也给我留一个呀，很想尝一下什么味道呢，也好奇里面的字条写了什么……"

"佩妮，你这么好奇就尝尝吧。我留下了一些，想尝尝做得好不好，现在送给你，最好只吃一个。"

马克西姆递给佩妮一个签语饼。形状不太好看，但散发着暗红色光芒的黄色签语饼看起来非常美味。

佩妮刚想把签语饼放进嘴里，达勒古特制止了她。

"我建议你晚上回了家再吃，在闲暇的周末吃更好。尼古拉斯刚开始做签语饼的时候，我吃了很多。"

178

"达勒古特先生，您产生什么负罪感了啊？"

"我吃了这个之后，给一个很久没联系的朋友打了电话。之前一直借口自己忙没跟他联系，内心看来有些负罪感吧。"

"这种负罪感有没有给您带来积极的改变呢？"

"令人惊讶的是，它确实非常有效，超出了我的期望。刚拨通电话，听到朋友接电话时喜悦的声音，我真的很高兴。本来很担心他会直接问'你怎么突然给我打电话了？'，真是杞人忧天！他就像昨天刚见过面一样，开心地接听了我的电话。"

"哇，达勒古特，希望你给我们的签语饼多做做宣传。"尼古拉斯关上餐车的侧门说道。

"尼古拉斯，我是绝对不会这样做的。我现在还是反对把签语饼免费分给人们。把注意事项写得再详细一些，怎么样？你这样做生意，如果被举报违反信息公示法，那也无话可说。"

"真是的，我还想着你什么时候会开始唠叨呢。我只是在美味的签语饼里加了一点负罪感，免费送给顾客而已。这跟你送顾客的熟睡糖果和身心安定曲奇没什么两样。多吃没有好处，这谁都知道，顾客们应该自己控制，我们也尽量不给小孩。生产许可也拿到了，马克西姆还为此考了烘焙资格证。"

尼古拉斯梗着脖子说道。

"但这是带有负罪感的签语饼，和身心安定曲奇不一样。"佩妮没有吃马克西姆给她的签语饼，把它塞进了围裙的口袋里。

"负罪感怎么了？你该不会说这是世界上无用的情感吧？"

"尼古拉斯，我的意思是先光明正大地告诉他们签语饼里含有负罪感，然后再分发。现在这种方式是不对的。"

"如果直接告诉他们'这个签语饼可以产生负罪感，让人反省'，更多的会是那些没必要反省的善良人去反省，而那些真正需要反省的人连靠近都不会靠近。"

佩妮想起了刚才把签语饼一扫而光的那两个人。如果他们知道签语饼里含有负罪感，应该就不会那么费劲地去拿了。

"看看雅斯努兹·奥特拉的梦吧。一点都没卖出去吧？题目上公然印着'做一个月我曾经欺负过的人'，谁会买呢？真是不懂营销技巧。"

"我不同意你说的，我觉得雅斯努兹·奥特拉的梦非常棒。"

"我知道你对奥特拉的梦评价很高，但不是每个人都像你一样有很强的共情能力。"

尼古拉斯坚决地说。

"马克西姆，你为什么要一起做这个呢？"

佩妮对一直静静听他们说话的马克西姆产生了好奇。

"大家都知道我去年凭借'克服阴影之梦'出道了。我发现生活中很多人都经历了一些不是必须经历的痛苦。虽然我认为经历痛苦使人强大，但如果一开始就不需要经历这些痛苦会更好，尤其是在加害者和受害者都非常明确的情况下更是如此。我希望受害者不必努力，努力的应该是加害者。真希望那些自私、鲁莽、暴力的人哪怕误拿了这些签语饼也好。"

"马克西姆，世上的事情并没有那么完美，也许这个签语饼会被无辜的人吃掉。"

达勒古特担心地说。

"哦，世上有完全无辜的人吗？并不是只有进了监牢才是有罪，放任自己心情沉重，不去解决反而逃避也是一种罪。连我也是一个罪孽深重的老头。就像你喜欢吃身心安定曲奇一样，我也经常吃含有负罪感的签语饼。反省自己过去以圣诞老人自居，一年只关心孩子们一次，其他日子只顾自己的吃喝。圣诞节？好啊。但是随着年龄的增长，心里越来越惦记那些孩子，他们别说是特别的日子了，就连日常生活都享受不了。越老越是这样。虽然有时候会想'我又不是什么拯救世界的英雄，还是装作没看见吧'，但那种生活实在没什么意思。甚至会想，要是这样生活的话，为什么要活这么久呢？我现在也不是很清楚，但如果一直被关在小屋里，怕是永远都不会知道了……"

尼古拉斯仿佛在赎罪似的，吐露出了自己内心的想法。

"我也有类似的想法。我并不是希望世界上只有善良的人，没有任何困难挫折。但是真的是太不像话了……我只是希望不要发生那些坏事，让人在睡梦中突然睁开眼睛，捶胸顿足也无

181

法释怀。如果能消除一件这样的事，不就等于拯救了一个人的人生吗？新闻里不是经常播放，有人做了坏事还无所忌惮照常生活嘛。我把给这些人的信息放在了签语饼里。例如，'做了坏事就会睡不踏实。'"

马克西姆说道。佩妮自认识马克西姆以来，第一次见他说这么多话。

"说不定'做了坏事就会睡不踏实'这句话，会像'不睡觉，圣诞老人就不会来'一样传遍世界各地呢。"

"我知道了，尼古拉斯。但你要做好心理准备，这可能会引起争议。你这种名人做事很容易受到关注。我认为这样做不太合理，也会有很多人像我这样无法认同你的逻辑。"

达勒古特用担心的口吻警告道。

"这个我也知道。消息继续传开的话，生意可能就得停了。如果我是有意散布消息的呢？那应该会很奏效吧？这就是我的方式。"

尼古拉斯抚摸着雪白的胡须，露出意味深长的微笑。

***

第二天，佩妮像往常一样早早来到百货店上班。她正在梦费仓库里看《最佳解梦》日报，看到有关尼古拉斯和马克西姆的签语饼报道后大吃了一惊。

淡季的圣诞老人，他的签语饼里放了什么呢？

人称"圣诞老人"的尼古拉斯最近乘坐红色卡车，向人们分发了签语饼。有传闻说签语饼里含有"负罪感"，用巧妙的字眼迷惑人们，让他们饱受负罪感的折磨。无论其意图如何，圣诞老人都不是电影里那种可以审判别人的"正义使者"。谁赋予了他那样的权力呢？

佩妮突然想起昨天没吃放进口袋里的签语饼。隔夜的签语饼已经有些发潮了，看起来也不再诱人了。佩妮把饼掰开，取出了里面的小纸条。

——能安心睡觉才是真正的幸福——

佩妮无法轻易判断出是《最佳解梦》的报道对，还是尼古拉斯的主张对。但她认为至少签语饼传递的信息是非常正确的。

佩妮鼓起勇气，咬了一半这个一直放在围裙里的签语饼吃了下去。口感不太好，但苦中带甜，味道还不错。佩妮等待着某种负罪感涌上心头。有那么一会儿，好像没什么异样，但突然间感觉像有事还没有做完，心情郁闷，仿佛脚脖上绑了沉重的秤砣一样。

接着，脑海里突然浮现出两个数字：330 号，620 号。

佩妮有些难以置信，自己只顾着看红色餐车，竟然完全忘记了这两位顾客。

佩妮猛地站起身，走出了梦费仓库。她正好碰到了达勒古特，他独自一人正在搬箱子。也不知道哪里涌出来那么大的劲儿，只见他轻而易举地搬起硕大的箱子，很快就堆了上去。

"达勒古特先生，您一大早来仓库做什么啊？"

"你也看到了，整理点东西。你很早就上班了啊，佩妮。"达勒古特拍了拍手说。

"是的，早上有事情要做。对了，告诉您一件事。"

"什么事？"

"可能您已经知道了，有两位老顾客好长一段时间都没来店里了。就是330号顾客和620号顾客，也没见过他们的投诉。"

"我非常高兴，除了我，还有其他职员关心他们。"

"果然您已经知道了啊？太好了。我该怎么做呢？"

"我也没有什么绝妙的办法，看来要赶紧举办活动啦。"

"是您之前说过的那个活动吗？达勒古特先生今年计划的那个……对吧？"

"对，你还记得啊。几个月来已经有了很大的进展。好吧，现在可以让你看看了。"

达勒古特用小刀小心翼翼地划开了箱子，里面满是枕头和被套。

"难道您要做床上用品生意？"

"那也很有意思啊，但我做的更精彩。我要举办一个非常适合我们店的庆典。"

"庆典？"

"是的，你参加过睡衣派对吗？"

"您是说在朋友家穿着睡衣通宵狂欢吗？很小的时候参加过一次，非常有意思。长大后就没机会再参加那种派对了。"

"你拭目以待吧。这个秋天，我们店里会举办睡衣派对。不对，不只是我们店，要把我们周边的街道都变成派对场地。"

佩妮被达勒古特的话惊呆了。

"佩妮，我们要办一个前所未有的大型睡衣派对。"

7.　未能送出的邀请函

这是一个悠闲的周末。佩妮一直在床上躺到腰疼才勉强爬起来，来到客厅。

"哎呀，你在房间里啊？我还以为你昨天没回家，差点就要出去找你了。"

在阳台浇花的爸爸取笑晚起的佩妮。

佩妮躺到沙发上，用脚趾按下电视遥控器的电源按钮。一位表情呆板的主播正在简明扼要地播报今天的新闻。

"位于工业园区的情感浓缩液生产工厂发生了泄漏事故，'兴奋'浓缩液流入了附近海域。预计今晚附近海域海浪将会升高，计划去海边游玩的市民请多加注意。来看下面一则消息。人称圣诞老人的制梦人尼古拉斯和制作噩梦的年轻制梦人马克西姆的餐车，在一番争论之后停止了营业。尼古拉斯表示，他们已经认识到人们对含有'负罪感'签语饼的争议，暂时没有恢复营业的计划。"

不知为何，佩妮觉得尼古拉斯事先就已经预料到了这种状况，现在他可能正和马克西姆在雪山上的小屋里策划下一个作战计划。

"下面是最后一则消息。由达勒古特梦百货店主办的睡衣派对将在十月第一周举行。从年初开始，达勒古特就已经和参加的企业及制梦人碰面洽谈，梦产业相关人士表示会密切关注睡衣派对及其进展情况。据悉，目前参与的企业及团体包括床上用品公司床之城、全国餐车联合会、新技术研究所和午觉研究中心。此外，产业园区测试中心的材料也将在专家的监督下，被大量使用。这次活动将持续一周，二十四小时昼夜不停。活动期间达勒古特梦百货店周边半径一公里内的街巷预计将会非常拥挤，建议大家在派对进行期间尽量不要穿鞋，改穿室内拖鞋。"

这则消息说的是昨天在百货店仓库里与达勒古特聊过的睡衣派对。虽然主播脸上的表情像报道其他消息时一样严肃，声音里却满是激动。

"哇！终于要开睡衣派对了！老婆，你过来看一下新闻。"

"天啊，这是真的吗？"

爸爸拿着洒水壶叫来了正在浴室清洗瓷砖的妈妈。两个人站到佩妮前面，挡住了电视机。爸爸的洒水壶和妈妈的清扫刷子都在往下滴答滴答地滴水。

"你们两个都把工具放下来吧，客厅被弄得湿漉漉的。"

"佩妮，爸爸妈妈第一次见面就是在那个睡衣派对上。"佩妮的妈妈毫不理会她。

"这不是第一次举办睡衣派对吗？"

"以前举办过一次，大概是二十五年前。对吧，老公？"

"对，对。二十五年前！大概是达勒古特成为梦百货店主人之后的第五年。那时候也聚集了很多人。佩妮，当时你妈妈住在另一个城市。她来这里参加睡衣派对，遇到了我。"

"这么认识的人应该有很多吧。一周之内，全国各地的人应该都会过来一趟吧。那时候没有那么多好玩的地方。当时我第一次看到达勒古特梦百货店，就被这个城市深深迷住了。我生活的地方没有这么大的梦商店。"

"嗯，这是很久以前的回忆了。真的好久了。"

"反响这么好，之后为什么没有再办呢？"

"这正是我们想问的问题，你不是梦百货店的职员嘛。"

"我也是前天才第一次听说，还是偶然间知道的。仓库里堆满了床上用品，达勒古特先生说要把街道全部布置成卧室。"

"是吗？要是也能像以前那样来很多餐车就好了。当时还免费分发了甜点，上面洒了很多价格昂贵的情感粉末，我至今也忘不了洒了活力肉桂的苹果冰激凌。那时候，你爸本来一到晚上九点就睡，但那次玩到第二天早上还说不累，一连玩了两个通宵。"

"你们两个第一次见面就玩了两个通宵？"

父母的脸一下子都红了，各自拿着喷壶和清扫刷子手忙脚乱地回到了原来的地方。

第二天，星期一上午的梦百货店里有些混乱。职员们都面露难色，他们无法回答看过新闻的顾客们接连不断提出的问题。

"真的要开睡衣派对吗？"

"哦，是的。也许吧……"

"派对上会推出什么特别的新梦吗？"

"这个嘛，我不知道。"

"怎么会不知道呢？这不是达勒古特梦百货店举办的活动嘛。我想把私房钱存起来到时候再用。麻烦告诉我吧。"

但是职员们真的什么都不知道。

"事先告诉我们一声就好了，达勒古特先生今天在办公室里也不出来……"

佩妮气呼呼地说，韦德阿姨却是一副无所谓的表情。

"我理解他。之前举办的第一次派对失败了，让他很痛苦。我们那时太过轻率了。一个百货店举办这么大的庆典需要花费很多时间和精力，损失也很大，所以这么长时间以来都不敢再次尝试了。我也不知道达勒古特先生竟然又准备办睡衣派对了。他希望在确定举办之前不要声扬出去，这我也能理解。虽然很遗憾看到新闻才知道这件事。"

"达勒古特先生也有过这种经历啊，你们两位真是老同事了。"

"当时我们俩都很年轻，干劲十足。达勒古特先生真的很想经营好祖上传下来的梦百货店。现在也是如此。"

韦德话音刚落，一直待在办公室里的达勒古特终于露面了。他摸着今天尤其蓬乱的头发，不好意思地冲职员们笑了笑。

"大家都等很久了吧？对不起，让大家受惊了。我并没有打算让大家先从新闻上得知此事，很抱歉。韦德，我得先用一下麦克风。"

达勒古特走到服务台，调好麦克风，好让所有的楼层都能听到，然后清了清嗓子。

"啊啊，大家都能听得清楚吗？请所有职员在今天的午饭时间结束之后，到我办公室下面的投诉接待室集合。"

职员们早早吃完午饭，聚到投诉接待室里。他们按照自己胸针上标记的楼层分坐在大圆桌的周围。除了维持百货店正常经营的少数人之外，大部分职员都在这里了。

佩妮去年曾因马克西姆的"克服阴影之梦"申请退款之事来过投诉接待室，这是她第二次来这里。达勒古特按照人数又多搬来了一些椅子，大家几乎都可以坐下。但圆桌并没有变大，所以坐着的人挤得都快膝盖碰膝盖了。

"斯皮多先生，您知道吗？您刚才一直在用脚踢我的小腿。"

四楼的一位男职员终于忍无可忍，愤怒地叫道。

"啊，对不起，这么坐着干等，我心里觉得很不安。快开始吧，达勒古特先生。"

斯皮多催促着坐在对面的达勒古特。

"好的，现在好像都到齐了。因为要和赞助商进行最后的协商，现在才告诉大家，不好意思。把大家叫到这里是为了决定派对最重要的部分。嗯，我想在这里和大家讨论一下用什么梦做这次派对的主题比较好。"

达勒古特缓缓地环顾了一圈职员们说道。

"尽管职员没能来全，但我想听一下各层选拔出来的老职员们的想法，综合大家的意见定下主题。"

三楼的萨茉举起了手。

"达勒古特先生，睡衣派对为什么需要主题呢？穿着睡衣在床上打滚本身就是一个明确的主题。光是这一点，人们就会很快乐。店里的顾客也会增加。"

"我曾经抱着这种单纯的想法举办过一次，吃了大苦头。第一次睡衣派对彻底失败了。"

"我父母说那是一次非常愉快的派对。失败的标准是什么呢？"佩妮也举起了手问道。

"佩妮，这个问题问得好。"

达勒古特称赞道。

"标准非常明确。花费了巨资，百货店的销售额却完全没有增加，好久不来的顾客也依旧没来。召回老顾客才是举办派对最重要的原因。第一次派对只是增加了百货店门前的流动人员，不过这点效果在派对结束后也重新回到了原点。所以我想定个'主题'，准备一些符合主题的梦，就是置办一些只有在睡衣派对上才能享受到的梦。"

"这些梦应该可以让那些好久不来的顾客也能毫无负担地做吧？"

韦德抓住了重点。

"是的，韦德。我想让大家推荐一些梦，即使隔了许久再做也不错，不管什么时候做都能让人高兴。"

"要说隔了很久再做也不错的梦，我们二楼的梦不行吗？'平凡的日常生活'之梦都是我们熟悉的……"

二楼的职员刚开口，其他楼层的职员就都露出了觉得无聊的表情，特别是五楼的牟太日。

“哎，不管怎么说名义上也是睡衣派对，再热闹一点、梦幻一点不好嘛！”

“那五楼能拿出什么好梦呢？看来你有了什么好主意啊。”

二楼的经理维戈·迈尔斯冷冷地说。

“哎呀，你开玩笑吧？五楼不是打折区嘛，应该不在讨论范围之内。”

“要说与庆典相配的梦，那不就是我们三楼的梦吗？”

莫格贝里满怀信心地说。

“是的，哪有比在天上飞和成为电影主人公的梦更适合派对的呢？其实我认为这么讨论也是在浪费时间。”

萨茉也支持莫格贝里的说法。

“照你们这么说，一楼的畅销款岂不是更好？”

斯皮多给她们泼了一盆冷水。

“派对也不能用我们四楼的午觉梦，那我宁愿推荐一楼的梦。”

“斯皮多，我觉得用一楼的梦不现实。不管是历届获奖作品还是畅销的梦，数量都不充裕，很快就会被抢购一空的。”

韦德摇了摇头说道，转头看了看坐在旁边的佩妮。

“佩妮，你怎么想啊？”

佩妮正在看从围裙口袋里掏出的一个巴掌大小的笔记本，她想参考一下看《最佳解梦》时写的笔记。

"嗯，如果是庆典，也会把梦当作礼物送给别人吧？三楼充满活力的梦好像最保险……"

佩妮看了看零星记录下来的"好梦条件"。

挑选一个梦作为圣诞节或生日这种特别日子的礼物时，只要满足下面任意一条，就会被称赞很有心。

1. 内容要好，就像一部可以反复观看的好电影，过段时间再做也觉得很有意义；

2. 形式要灵活，为每个做梦人量身定做；

3. 体验要新奇，现实中无法实现，只有在梦中才能经历。

"过段时间再做也不错，又要为每个做梦人量身定做，而且只有在梦中才能经历。什么梦符合这些条件呢？"

"有满足所有这些条件的梦吗？"

职员们开始喧哗起来。

"二楼有。"

维戈·迈尔斯举起了手。

"这些条件二楼'回忆专区'的梦全都能满足。回忆过段时间再次重温也不错；每个人拥有的回忆都不一样，理所当然只能量身定做；过去的回忆如果不在梦中，哪里还能体验得到呢。"

"还真是这样啊！"

达勒古特点了点头。

"那把主题定为'回忆'怎么样？好像我还可以拜托认识的制梦人制作一些有关回忆的梦。那样的话，就没有必要非得坚持用三楼的梦了。"

莫格贝里这么一说，其他人也纷纷同意，大部分职员都赞成。

"好了，各位。至此，庆典的主题就定为'回忆'了。大家可以尽展所长。从现在开始一分一秒也不能随便浪费了，时间不太充裕，我们还需要大量的资料。假如此次活动能成功，将成为我们这座城市的一个代表性活动，让所有人都心怀期待。到时，这条梦商店云集的中心街将装饰上各种柔软、令人心情愉悦的东西。想象一下全国各地的餐车蜂拥而至，人们穿着为派对新买的睡衣，走上街头尽情享受夜晚的场景吧。"

达勒古特从座位上站起来张开双臂说道。

确定好主题之后，讨论内容就进展迅速了。大家像事先准备好似的，分担起要做的工作。

"我们需要每位顾客的数据。"

"但那么多的资料谁会事先整理好了呢？"佩妮说。

"好像已经整理好了。"

牟太日看着表情悲壮的二楼职员说道。他们正一脸兴奋地围在维戈·迈尔斯身旁，有条不紊地讨论着自己该做的工作。

"我已经分析好了之前买过梦的顾客的喜好，这是我的爱好。"

"你真是值得信赖啊。"

"也有按月整理好的材料。我还整理了秋天哪些颜色的包装纸销量最多，您要看吗？"

二楼职员整理东西的习惯超出了佩妮的想象。

"这些资料什么时候才能讨论完？讨论之后再选出梦清单，需要花费很长时间。"

"半天就够了，我该好好发挥一下自己的实力啦。"

斯皮多像发现猎物的鬣狗一样，向二楼职员们的庞大数据伸出了魔掌，垂涎欲滴。

"大家等一下。"

韦德等大家说完，举起一只手，集中了大家的视线。

"我可以负责派对的装饰吗？"

"当然了，我最担心的就是这个。"

"哇，竟然会这样，我真是太兴奋了。百货店门前和每条街巷都可以按照我的想法装饰了……我会举办一个难忘的派对，整座城市都会填满软绵绵的东西。"

"不要担心预算，韦德。"

达勒古特掏出了一个厚信封。韦德就像是肾上腺素爆棚了，收到信封后激动得不知所措。

"现在不是这么干激动的时候。您说派对需要的床上用品都准备好了吧？那我就买更小的装饰吧。"

之后，派对的准备都很顺利。大家各显所长，工作进行得十分利索。韦德阿姨还把她脑中的派对全景画了草图展示给大家看。佩妮被她精湛的绘画水平震惊到了。

斯皮多最快把握了情况，完美地制作出了以"回忆"为主题的梦目录；人脉广的莫格贝里邀请了制梦新人；维戈·迈尔斯仔细挑选出了陆续到达的测试梦。

现在消息也已是广为流传。无论走到哪里，只要两个人聚在一起，都是在谈论达勒古特梦百货店的睡衣派对。百货店的顾客也是如此。中老年顾客中，也有人像佩妮的父母一样，还记得很久以前的第一次睡衣派对。

"真是很棒啊。一想到还可以在变得更老之前玩个通宵，心里就非常激动。在庆典举办之前，我要好好吃保健品。"

"听说这次床之城家具店和全国食品餐车联合会也要参加，还将举行制梦新人的新产品发布会。想象一下，真的会有很多乐趣。这么正式的睡衣派对我还是第一次参加！太开心了。"

莫格贝里不在三楼待着，而是到各个楼层与顾客聊天。

后来又公开了参加派对的企业和团体名单，还放出了更加令人高兴的消息，说许多制梦人将公开各自的"回忆"主题梦，大家的期待值也越来越高了。

"我家孩子已经缠着我要给他们买新睡衣了。"韦德说道。

"我也看好了一套。上班的时候带过来，下了班就可以直接换上到街上去玩吧？到时候会分不清谁是这里的人，谁是外部顾客。"

佩妮同样也很兴奋。

"据说新技术研究所还会像博览会一样展示各种新技术产品，说不准还可以体验一下两个人同时做一个梦的'双人梦'。"

"很可惜，那个'双人梦'还在开发中。不知道在我有生之年能不能完成。"仿佛光睡衣派对这一件事，就可以让她们轻松地熬夜谈两个通宵。

"韦德女士在吗？您的包裹到了。"

一个拎着大箱子的送货员站在门口找韦德。

"哎呀，做得比预计得快啊。"

韦德急忙起来招呼快递员。

"是的，老板优先给您印的，大家不是都在期待睡衣派对嘛！请在这里签个字。"

"请帮忙转达一下我的谢意。"

韦德一口气打开了箱子，就像拆过几千个快递一样，动作干净利落、毫不拖沓。

"这些都是什么？"佩妮问。

"派对的邀请函，这个可不能少。"

诚邀您参加达勒古特梦百货店的睡衣派对！

十月第一周，秋风送爽，

为期一周的派对，欢乐昼夜不停。

派对的主题是"回忆"。

请您尽享"回忆"主题之梦。

看点多多，精彩纷呈，还可免费享用各种美食！

期待您的到来。

——达勒古特梦百货店全体职员——

"这是特意为我们的老顾客定制的，今天开始分发，最多一个星期应该就能全部送完。"

"他们能记得收到了邀请函吗？"

"即使醒着的时候不记得，到了这里不就能想起派对了？而且派对的乐趣就是从送邀请函开始的，我的派对已经开始了。"

韦德数着邀请函的份数，高兴地说。

"咳咳。"

维戈·迈尔斯来到服务台，不自然地干咳了一声。

"有什么事吗，维戈先生？"佩妮问。

维戈瞟了瞟服务台上面。

"那个，我可以拿一张邀请函吗？"

他用下巴悄悄地指了指那堆邀请函。

"当然可以了！"

佩妮用力地点点头，她大概知道维戈要把邀请函送给谁。

不出所料，那天下午1号顾客刚走进店里，维戈·迈尔斯就向她走去。维戈拿着邀请函，背着手在一楼大厅里踱来踱去，像铁桶机器人一样生硬地走近了1号顾客。

"那个，客人。"

"什么？"

"今年秋天我们店要举办派对，这是邀请函，请收下。"

"哇，是什么派对啊？"

"睡衣派对。您会喜欢的，请您一定过来。"

维戈默默地等顾客看完他递过去的邀请函。顾客笑着点了点头，正想继续往前走，维戈又一脸紧张，结结巴巴地说道：

"那……就是说啊，您可能记不得了，这不是我第一次邀请您。第一次邀请您的时候考虑得太不周全。这次您就这么来参加派对就好了，没有必要穿着平时的衣服入睡……也没必要

201

躲避别人的视线，只要像平时一样穿着睡衣入睡就可以了。我真的很想这样邀请您一次。"

"嗯？我当然打算这么做了。"

维戈丢下一脸茫然地站在那里的1号顾客，逃跑似的匆忙上了二楼。

佩妮似乎瞥见了他一脸轻松的表情。

过了一会儿，三楼的莫格贝里和萨茉一起来到服务台。

"韦德女士，我想到了一个派对的点子。在店内铺上地垫，免费进行《时间之神与三个弟子的故事》类型测试，这样就可以增加一个顾客的娱乐项目。您觉得怎么样？应该很有人气吧？"

"莫格贝里小姐，类型测试已经不受欢迎了，那是几个月前流行的。"

萨茉一脸厌烦地劝莫格贝里。

"我觉得这是个好主意。"

韦德不经意地答道。

"看吧，萨茉。到时候你和我一起做，知道了吧？我们约好一起做了啊？"

莫格贝里挽着萨茉的胳膊说。萨茉转过身去，一脸哀怨地瞟了韦德阿姨一眼，离开了服务台。

"有新事情做，大家都干劲十足啊。"

"是啊。来，我把邀请函放在这里，从今天开始，老顾客来了的话，一定要发给他们。我不在的时候就拜托你啦。"

之后几天，百货店所有的老顾客几乎都收到了邀请函。但佩妮还剩下两张邀请函没能送出去，是给 330 号顾客和 620 号顾客的。

"顾客不来，我也没法给他们邀请函啊。"

"现在还有时间，只能再等等看了。"

"真的很好奇他们为什么不来。"

"你最近很努力啊，佩妮。"

"我希望能做更多的工作。"

"有什么契机促使你这么做吗？"

"嗯……我也不太确定，大概是从投诉管理局回来之后吧。遇到 792 号顾客和 1 号顾客后感触颇深。"

"如果是因为这个的话，看来达勒古特把工作满一年的职员带去投诉管理局这个办法非常有效啊。"

韦德露出了满意的表情。

"没错，也说不准是因为类型测试时莫格贝里小姐说的话。我今年年初测试了一下。"

"我也测试过。我属于'三弟子'类型，是智慧的仲裁者？你属于哪个类型，佩妮？"

"我属于'二弟子'类型。您知道二弟子的后代是谁吗？其他人好像不太清楚。"

"大家当然不知道了。很可惜，他现在不在这儿。他喜欢安静的生活。"

"我好像听过他的名字……"

"阿特拉斯。"

佩妮这才想起来在哪里听过这个名字。

最初是从维戈·迈尔斯的嘴里听到的，后来在测试中心的情感粉末布袋前，尼古拉斯和马克西姆的对话中也听到过这个名字。

"他现在在哪儿，在做什么呢？我听人们谈论过阿特拉斯，但一次也没见过。"

"阿特拉斯啊……"

韦德刚开口，达勒古特猛然打开了门。他好像要出门，换上了外出时穿的皮鞋，把薄外套搭在胳膊上。

"达勒古特先生，您要去哪里啊？"

"我要去一个地方，得拿上邀请函。果然不出所料，还剩下两张。"

"您拿着邀请函去哪里啊？要去投诉管理局吗？"

"我知道顾客在哪儿。幸好他们在的地方比投诉管理局要近一些。"

"那是哪儿？"

"正好佩妮很好奇阿特拉斯呢。"

不明白韦德在说什么。顾客、邀请函和阿特拉斯有什么关系呢？

"是吗？那佩妮现在要和我一起去吗？"

"去哪儿呢？"

"你去了就知道了。来，快点出发吧。还要赶上班列车。"

"这个时间坐上班列车？"

佩妮歪了下头，她的短发轻轻飘扬了一下。

没过一会儿，佩妮和达勒古特坐上了上班列车。夏末的晚上，空气有些黏黏的。列车加快了速度，吹起凉风，舒适了一些。达勒古特一直默不作声，没说要去什么地方，这时他忽然开口了：

"佩妮，今天的所见所闻你不能随便跟别人说。虽然我认为你不会说出去。"

"您是说我会看到和听到什么吗？我们不是去寻找两位顾客吗？"

"你到了就知道了。其实我不希望让任何人知道我们要去的地方，希望可以保住那个安静的地方，留给一些有需要的人。"

"您说的是哪里呢……"

"这么快就到了啊，我们要在这里下车。"

列车刚一停下，达勒古特就从座位上站了起来。

这里是惊险下坡的最低点，小卖部和夜行兽洗衣店所在之处。

佩妮一脸茫然地跟着达勒古特下了车。他走在前面，显然是朝夜行兽洗衣店的方向走去。

"达勒古特先生，我们要去找顾客，为什么去洗衣店呢？"

达勒古特没有回答佩妮的问题，而是与站在洗衣店入口的夜行兽亲切地打了声招呼。

"您来了，我一直在等您。您不是一个人来的啊！"

那只夜行兽很奇特，只有尾巴尖的毛发特别蓝。它看到佩妮嘿嘿一笑，原来是阿萨姆。

"阿萨姆，你还真来洗衣店工作了啊！好，那麻烦你们两位，谁能告诉我一下，为什么来这里？"

"你进去一看就知道了。"

阿萨姆的回答和达勒古特一样，这让佩妮感觉有点不太开心。

阿萨姆指着洞穴里面催促着佩妮，达勒古特已经走进洞内了。大块头的阿萨姆和修长的达勒古特遮住了半个洞口，佩妮站在后面，用疑惑的眼神望着黑漆漆的洗衣店里面。洞口那块歪歪扭扭地写着"夜行兽洗衣店"几个字的木招牌，在风中咣当作响，似乎马上就要掉下来了。

"看来这里不是普通的洗衣店啊？"

从洗衣店所在的洞穴里传来稀稀拉拉的水声，还有阵阵凉风吹来。今天这种闷热的日子里，再也没有比这更大的诱惑了。黑洞洞的洗衣店正在暗暗招手，让他们赶紧进去。

佩妮还没有弄清楚二弟子的后代阿特拉斯、未送出的两张邀请函与这家洗衣店之间的联系，就跟着阿萨姆和达勒古特走进了洞穴。

8. 夜行兽洗衣店

达勒古特和佩妮跟着阿萨姆走进洞里。这条通道非常宽，夜行兽背着很多要洗的衣服在里面穿行也完全没有问题。沿着洞穴通道往里走了几步，四周依然很暗，阿萨姆走在前面，它的蓝尾巴在黑暗的洞穴里像夜光星星一样发着亮光。佩妮和达勒古特盯着阿萨姆的尾巴小心翼翼地往前走着。深处远远传来了隐约的水流声。

"感觉就像走在山底开凿的地下排水渠里一样。"

佩妮有点紧张，紧挨着达勒古特往前走。

随着阿萨姆的脚步声再走了几步，通道隐约有了亮光。通道的洞壁有着自然洞穴特有的特性，粗糙嶙峋，却又有一种人为修整过的感觉。没有看到人工安装的照明灯，但有隐约的亮光从洞壁的缝隙间透进来。

就在这时，佩妮目光所及的一处洞壁霎时间变暗了，有些黑乎乎的影子在那里晃动。那不是阿萨姆、达勒古特和佩妮的影子，过道里也没有其他物体会有影子。佩妮觉得不太对劲。忽然，影子左右摇晃着一下子成群结队地移动到了天花板上。

"达勒古特先生，阿萨姆！刚才看见了吗？影子自己在移动，它们在四处移动！很明显那不是我们的影子。"

佩妮惊讶地大声说道，阿萨姆立刻转过头来，把前爪放到嘴边，低声"嘘！"了一声。

"不要在这里大声喧哗，知道吗？"

"跟她解释一下吧，阿萨姆。第一次看到，肯定会很惊讶。"

听到达勒古特这么一说，阿萨姆点点头，表示理解。

越往洞里走，越能在四周看到水影般晃动的影子，还有几个单调的音符忽远忽近地在耳边萦绕。当逐渐适应了无始无终的音律时，周围变得更加明亮，在通道尽头宽阔的空间里工作的夜行兽们也映入了眼帘。

"呼，看到明亮的地方，终于放心了。但是阿萨姆，在这里为什么必须保持安静啊？还有，刚才那些影子是什么？"佩妮问。

"因为这里不仅是洗衣店，还是很多人和影子休息的地方。"

阿萨姆回头看了一下佩妮，答道。

"你是说在洗衣店里休息吗？"

佩妮感到非常惊讶。这时，走在她前面的达勒古特停下了脚步，他指了指洞壁的一侧，上面凹雕了一些熟悉的字句。

二弟子及其追随者被困在美好的回忆中，无法接受岁月的流逝和纷沓而至的离别，乃至彼此的死亡。他们不停地流泪，泪流到地下冲刷出一个巨大的洞穴。

达勒古特低声念着上面的话。

这是《时间之神与三个弟子的故事》里面有关二弟子的内容。

"那些话为什么会刻在去洗衣店的通道上呢？难道……这就是故事里二弟子和追随者们躲藏的那个洞穴吗？"

"佩妮，你果然脑筋转得快。这是阿特拉斯的洞穴，阿特拉斯是二弟子的后代。时间之神赋予阿特拉斯的祖先'长久记忆的能力'，这个洞穴就是这种能力的证明。这里都是难忘的记忆，也就是我们所谓的'回忆'。"

这次，达勒古特用手指了指刻有字句的洞壁四周。众多大小不一、闪闪发光的原石散落在洞壁上，小的像水钻一样小，大的有拇指指甲那么大。隐约照亮洞穴的柔光正是从那里散发出来的。

"这些像星星一样闪耀的东西，都是人们的回忆，你相信吗？虽然说二弟子的后代用流下的眼泪造就了这个洞穴有点夸张，但他们确实在这个洞穴里生活了很长时间。不过这并不代表他们一辈子都待在这里。可阿特拉斯不一样，他在这个洞穴里度过了一生，直到现在也生活在这里。"

　　达勒古特温柔地解释道。佩妮亲眼看见了这一切，但还是觉得达勒古特所说的有点不真实。

　　"佩妮，看到嵌在上面的那些晶体了吗？它们会使周围产生更多回忆。一个回忆有支撑其他回忆的力量，所以这个洞穴比其他任何建筑都坚固。"

　　阿萨姆自豪地说。

　　整个洞穴宛如一片夜空，镶嵌在上面的回忆就像是一个个星座。佩妮继续向里面走去，但目光始终没有离开回忆晶体。

　　"阿萨姆，为什么这里要伪装成一个洗衣店呢？"

　　"你说什么！不是伪装成洗衣店，这里就是个洗衣店。"

　　"洗衣店？刚才不是说这里是人和影子休息的地方吗？休憩处、洗衣店、阿特拉斯生活的洞穴……这里到底是什么地方啊？"

　　"真是个急性子，你看了就知道了。来，快过来。欢迎你来到我工作的新地方！"

在阿萨姆巨大的身躯后面，有很多正在忙碌的夜行兽，它们脚下放着用柔软树枝编织而成的洗衣篮。

佩妮他们经过通道来到了一个地方，宽敞开阔得让人禁不住感叹："怎么会神不知鬼不觉地藏了一个这么大的空间呢？"在高高的天花板下，堆放着好几层比夜行兽还大的大型洗衣机，一旁竖着可以挂晾衣绳的长棍，晾衣绳上挂着一些已经干透的睡袍。

不断传来的水声是从洗衣机里发出的。重复的机械噪音和水猛烈拍打衣服的声音听起来就像音乐一样。

与只有尾巴变蓝的阿萨姆不同，数十名正在工作的夜行兽大部分都已经是通体蓝色了。它们把洗衣篮挂在前爪和尾巴上，在洗衣机、洗衣篮和晾衣绳之间来回奔波劳作。它们身上的蓝色毛发在洞穴里像夜光星星一样闪闪发光。

佩妮意识到整个洞穴里没有任何电力照明灯具，光靠洞壁上的回忆晶体和夜光星星一样发亮的夜行兽就足够了。这让佩妮想起了小时候贴在天花板上的夜光星星贴纸。

"大家看那边，阿萨姆带顾客来了。"

一只颜色最蓝的夜行兽注意到了阿萨姆一行人，向其他夜行兽喊道。

"哎哟，我的腰啊。我还在想你们什么时候来呢。"

一个小个子男人站在夜行兽中间说道。他像捡麦穗一样，把掉在地上的衣服捡起来，重新放到篮子里。他挺了挺腰，看了看达勒古特。他看起来很纯朴，有着像农夫一样被太阳晒得很好看的健康皮肤。

"达勒古特，看来你有了一位可靠的新职员啊，都把她带到我这里来了。"

那个男人走了过来，越过达勒古特，与佩妮握了握手。他手上的硬茧子给佩妮留下了很深的印象。佩妮见出现了一个陌生人，有些不知所措。达勒古特见她这样，微微一笑。

"欢迎你来这里，你是佩妮吧？我听达勒古特说过你，也听阿萨姆说过你，还有一个人也对我说起过你……啊，不，这个还是不说的好。"

他有些含糊其词。

"这里是能长久记住所有事情的'二弟子'的洞穴，我们世世代代都在守护着这个刻有人们回忆的空间。"

"请问您是……"

佩妮在听到答案之前似乎就已经知道了答案。

"我是阿特拉斯，二弟子的后代。你可能想知道为什么这里会变成洗衣店。"

阿特拉斯似乎看出了佩妮的想法，他给阿萨姆使了个眼色。

"佩妮，我给你看点神奇的。"

阿萨姆从洗衣机里拿起一件滴着水的睡袍，挂在离有回忆晶体的洞壁最近的晾衣绳上。这时，回忆散发出的光芒仿佛全被衣服吸了进去，瞬间衣服就奇迹般地变得又干又柔软了。佩妮被眼前这神奇的景象惊呆了。

　　"用回忆来干燥，衣服会像从未湿过一样干得透透的。二弟子的后代们很久以前就知道，这回忆的光芒可以使湿衣服变得非常柔软干爽，所以他们向夜行兽提议一起工作。夜行兽们没有理由拒绝！它们每天都要清洗晾干几百套睡袍，真的很辛苦。从那以后，这里的洗衣店就成了我们重要的工作场所。"

　　阿萨姆一脸欣慰地向佩妮解释道。

　　"原来如此啊，我现在终于有点明白了。可是达勒古特先生，您没有忘记我们是来给顾客送邀请函的吧？顾客真的在这里吗？"

　　佩妮没有忘记来这里的初衷，毫不含糊地向达勒古特问道。

　　"佩妮，顾客肯定在这里。阿特拉斯，我说得对吧？"

　　达勒古特刚说完，阿特拉斯便指了指晾满了睡袍的那片区域。

　　"当然了，你说的两位顾客都来了。快去看看吧。"

　　"那太好了。佩妮，跟我来。"

　　佩妮用手拨开随处晾着的衣服，跟着达勒古特向里走去。

一块被晾着的衣服遮住的空间映入眼帘。许多穿着睡衣的人正躺在木柱之间的吊床上休息。

　　在堆满脏衣服的地方，有一个上了年纪的女人，她就静静地坐在那里听洗衣机运转发出的当啷声。那张面孔很熟悉，从远处也能一眼认出来。

　　"我认识她。她每天早上都会来店里，慢慢地浏览产品目录。没错，是 330 号顾客！已经找到其中一位了。"

　　佩妮高兴地想向她跑去，达勒古特却抓住了她的衣领。

　　"佩妮，在和顾客说话之前，你要先知道顾客为什么会来这里。回忆之光可以晒干衣服，所以这里才用来做洗衣店的，这个你刚才已经听说了吧？"

　　"是的。"

　　"还有后续故事呢。阿特拉斯发现这种光对改善人们的情绪也很有帮助，回忆不仅可以把湿衣服晾干，还可以温暖那些意志消沉的人。"

　　"那些意志消沉的人？"

　　"是的。人们有时候什么都不想做，即使身体不累，也想闭上眼睛睡觉。睡觉时不需要做任何梦，只想与世界完全隔绝。这样的顾客或许会漫无目的地走路，或许不进我们百货店也不进其他任何商店，只是呆呆地站着。你知道是谁把他们带到这里来的吧？"

"发现漫无目的走路的人，并把他们引导到这里……我知道了，只会是夜行兽。"

"你说对了。"

达勒古特很满意佩妮的回答。

"那些有经验的夜行兽长期观察外部顾客并跟随他们——上了年纪、长了蓝色毛发的夜行兽在洗衣店工作也是这个原因。它们眼光犀利，能辨认出那些意志消沉、什么也不想做的顾客。"

"原来是这样啊。达勒古特先生，那在这里的330号顾客肯定心情也不好。硬给她邀请函，好像有失礼仪了。"

"这个嘛，我不这么认为。谁都有无精打采的时候，我有时也会那样。这时候我们更应该先伸出手去，不是吗？她可是我们的常客啊。"

达勒古特小心翼翼地走近那位顾客。对方瞟了一眼达勒古特，又闭上眼睛再次集中精力聆听洗衣机的声音。

"很平静吧？听到洗衣机的水声，我的心情也会变得很平静。"

"是的……有什么事吗？"

"直接跟您说重点吧。我们梦百货店要举办一次'回忆'主题的大型庆典，希望您也能过来参加做个好梦。这是我们的邀请函。"

"我不感兴趣，什么都不想做，请不要管我。"

无梦之人

"这样啊。人有时候是会这样。您不觉得我们很像那些塞满洗衣机的睡袍吗？"

顾客一脸莫名其妙地看着达勒古特的脸。

"衣服湿透了，很快就会干。我们也经常沉浸在各种情绪之中，但很快就能像什么都没发生过一样好起来。您也只是暂时陷入了消沉的情绪里而已，像衣服一样湿了再晾干不就行了吗？"

"要怎么做呢？"

顾客稍微有了点兴趣，达勒古特不失时机地递上了邀请函。

"我们只需要一个小的契机。有时候一些小事也能让我们心情变好，不是吗？比如跟朋友打个电话、去外面散个步什么的。这次通过'回忆'主题梦，您的心情应该会好起来的。好了，您就试一试吧，您能来参加睡衣派对吗？"

***

达勒古特梦百货店的 330 号常客是一位六十多岁的女性。

她十年前比一般人轻松地度过了更年期，也顺利退休。她和丈夫一起养育了三个子女，老幺今年年初也结婚了。参加完老幺的婚礼回到家，她觉得现在终于都忙完了，结果刚一放松，一股突如其来的乏力感便吞噬了她。

回首过去，无人关心自己。结束了三十五年的职场生活，留在空无一人的家里，这些想法像结实的橡皮球一样一下子从四面八方弹了过来，打在女人的胸口上。周围的人都说她可以好好休息了。这些话让人不舒服，说实话，甚至听起来让人很反感。

打起精神一看，已经到了庆幸自己没有什么大病的年纪。每次洗完脸照镜子都会感到尴尬，就像看见了忙着照看孩子和工作而好久没见面的朋友一样。所以，她故意把大镜子换成了小镜子。可是只要看到丈夫那张跟自己一起变老的脸，她就不得不面对两人之间流逝的岁月痕迹。

连早上煮茶、出去倒垃圾都觉得费劲。她也尝试着做很多菜、种一些小作物，但仍然没有什么生活热情。

"我的人生都去哪儿了……"

还完房贷之前要努力生活，孩子们大学毕业之前要加油，老幺结婚之前不能放松……她开始怀念起这些有着明确目标、努力奋斗的日子。

现在她不知道活着是为了什么，还有什么好日子可期待。

* * *

女人没能克服消沉的意志，强迫自己睡了觉。她像是迷了路，漫无目的地走在梦中的世界，然后就遇上了浑身是蓝毛的夜行兽。

"您是不是不知道该去哪里，或者什么都不想做？"

夜行兽好像完全理解她的感受。

"您愿意跟我一起走吗？我知道一个地方非常适合您这样的人休息。"

女人点了点头，夜行兽让她骑到自己的尾巴上来。她在尾巴上失去了平衡，快要掉下去了，这时夜行兽把她往上托了托，让她靠在背上，又用尾巴轻轻拍了拍她的后背。

夜行兽带她上了上班列车，用散发着舒适气味、干净得无须洗涤的衣物把她盖了起来。这样就谁也看不见她、打扰不到她了。

她就这样跟着夜行兽来到了洗衣店。

***

达勒古特和佩妮已经顺利地把邀请函送到了330号顾客手里，现在正前往洗衣店最偏僻的地方寻找620号顾客。

在天花板稍低的地方，摆放着许多大沙发。这里同样没有照明灯，但嵌在洞壁上的晶体发出的光芒就足够了。三只夜行兽围坐在一起正在叠洗好的衣服。它们互相开着玩笑，嘻嘻哈哈的声音碰到洞壁发出了小声的回响。

"620号顾客在那儿啊。"

"什么？哪儿？"

佩妮又走了几步才发现 620 号顾客。他正坐在夜行兽中间，努力地叠着睡袜。

"您好，620 号顾客。"

这一次，换佩妮跟顾客搭讪了。

"我吗？"

看上去有二十五六岁的男人反问。

"是的。您能跟我们聊一会儿吗？手头上的工作可以慢慢来。"

佩妮看着那堆干衣服说道。

"我觉得必须要把这些洗好的衣服叠好。虽然现在做不了什么大事，但我还是想做点什么。"

男人回答着，手里的动作却是一刻也不停歇。

"可以问问发生了什么事吗？"

佩妮轻轻地坐在他身旁，问道。

"没有什么特别的事。我只是……太累了。"

＊＊＊

男人是大家公认的勤奋青年。很多朋友问他怎么每天都过得那么充实，后辈们也以他为榜样。男人认为，只有勤劳做事才不会胡思乱想，才能朝着目标前进。很多情况下，这种想法似乎是正确的。男人跟那些不去改变而陷入无解的抑郁，或感情用事无法完成工作的人相去甚远，也无法理解那些人。

他的动力一直都来自家庭。他真的很爱家人，懂事之后，他就想为了家人尽快成功。

他想送给开老破车的父亲一辆新车，给母亲一张不限额度的信用卡，但时间似乎不等人。他偶尔也会想，自己到多少岁才能安顿下来，那时父母又是多少岁。

但每到关键时刻，大部分事情就都不遂他所愿。光靠努力无法保证他能通过竞争率超过 50 比 1 的考试，也无法给他创造出等待已久的工作岗位。

他每失去一次机会，就不得不把描绘好的未来计划一拖再拖。

以前，他曾把"现在的经历以后总会有用，年轻时遭受的挫折是辉煌成功的基石"之类的话设置成手机屏保来激励自己。但从结果来看，似乎只有生活体面的人才会说这种话，所以他很早之前就把它们都删除了。

男人很快便失去了斗志。

他需要时间重新调整自己的心态。闭上眼睛躺着是抚慰心灵的最佳方法。他觉得自己一定是出了什么问题。

"电脑出些小故障，重启一下就能恢复正常。希望我也能像电脑一样，睡一觉就好起来。"

他像是不停地在重启自己，反复睡睡醒醒。入睡容易，醒来却需要意志。不知不觉间，他的消沉意志已经强大到了凭他个人的力量无法控制的程度。男人害怕被抑郁侵蚀，所以从不轻易说出"抑郁"这个词，因此谁也不知道他的状态。他强烈地想从梦中摆脱出来，努力生活，身体却总是懒洋洋的。睡不着，还总是要强行入睡，关上房间的灯，静静地躺在床上的时间也逐渐增多了。

* * *

男人平静地说出了自己的故事，欣然接受了邀请。交谈中，他仍在不停地帮夜行兽把睡袜摆放整齐。

"听说重复做一些简单的事有助于克服乏力感。"

男人坚定地说。

佩妮对他产生了怜悯之心。

"是的。我也曾在这里晾衣服、叠衣服，不知不觉就把心情整理好了。所以我一直等着到了年龄以后，能来这里工作。"

不知何时阿萨姆走了过来，突然插了一句嘴。它拿着一个没打开的手电筒，仔细地查看着男人的周围。

"你突然出来找什么呢？"

佩妮不理解阿萨姆的行动。就在这时，男人的脚下好像被阴影笼罩了一样，开始变暗。

"看这儿！我脚下有什么奇怪的东西……"

那个黑黢黢的影子变成了人影的模样，而且越变越大，把坐在沙发上的男人完全围住了。佩妮瞬间吓了一跳，她以为影子会把男人吞没。

"你这家伙，快走开！"

阿萨姆打开手电筒，照向了影子，还突然大叫一声，站在那里的达勒古特被吓了一跳，把叠得整整齐齐的睡袜也弄倒了。突然被光照到的黑暗影子瞬间就缩小了，还改变了形状，仿佛婴儿般被男人抱在了怀里。

"这些家伙太喜欢人了，但是不能欺负你们的主人。"

阿萨姆对影子警告一番后，影子变得更小了，在男人脚下徘徊着。

"阿萨姆，这是什么？"

佩妮替一脸疑惑的男人问道。

"这是这位顾客的夜影。顾客不做梦，一直待在这儿，所以它们就找到这儿来了。就是因为这些家伙，哪怕睡了很长时间，起来也还是不清醒。夜影虽然不坏，但它们喜欢黏糊地贴在人身上，让人不能彻底清醒。这位顾客就是因为它们，睡醒了也觉得不舒服，好不容易在这里休息休息，心情才好了一些。"

阿萨姆不停地唠叨，男人脚下的影子不高兴地顺着墙躲进了黑暗里。

"即便如此，比起那些不想穿衣服逃跑的顾客，影子还是更好抓。上了年纪也是一件好事啊。"

　　阿萨姆对自己在洗衣店里工作非常满意。

　　"我也喜欢这里。真希望告诉更多的人，让他们在这里休息休息再走。是不是，达勒古特先生？"

　　达勒古特摇了摇头，开了口：

　　"这里不能创造利润。没什么人希望顾客什么梦也不买，光在这里躲着。这样很容易被人挑出毛病，他们会指责我们毫无应对地就把那些不做梦的人藏起来。"

　　"是……投诉管理局吗？"

　　"投诉管理局也是其中一个这么想的机构吧。当然，他们是在做自己分内的事。我们卖梦人卖不出去梦就无法生存，所以有些人可能会急于关闭这个地方或者强行卖梦。很少有人知道有时候'等待'才是最好的方法。"

　　达勒古特心里很不是滋味。

　　"所以这个地方只让真正需要它的人知道就足够了，至少阿特拉斯是这么想的。不能让人们在这里待得太久，这里不是可以一直待下去的地方。每个人都需要避难所，但如果觉得避难所最舒服，无法回到原来的地方，那就不好了。不是吗？"

　　不知不觉间，不懂事的夜影又开始在人们周围探头探脑。

　　人们无法摆脱这些可爱地探头探脑的影子，露出了为难的

225

表情，和早晨不愿意起床、紧皱眉头的表情一模一样。

"如果不马上放开主人，你们喜欢的回忆就不会再有新的了。"

影子似乎听懂了达勒古特的话，远远地散去了。

"我该回家了。佩妮，你也发完邀请函了吧？"

"嗯。"

"那你们一起出去吧。达勒古特先生，赶快出去吧。"

阿萨姆说。但达勒古特似乎很担心洞穴里的其他顾客。

"阿特拉斯先生一直在这里，没关系的。顾客们不会孤单。清晨其他夜行兽也会过来。"

"是啊，看来今天要做的事我已经做完了。和阿特拉斯打个招呼，我们也快点回去吧。"

他们又回到了洗衣店入口。夜行兽正排成一列，摇摇摆摆地走出洞穴。洗衣机除了几台之外，其他的都已经停止了运转。

"看来除了我们，还来了其他客人。"

达勒古特指着阿特拉斯的洞穴小屋说。

佩妮在他所指的地方发现了几个意想不到的人。其中一位着装与这个空间完全不协调的男子十分显眼。他绾着头发，穿着淡蓝色的长袍，腰间还系着细丝线腰带。他的旁边是一位留着短发、穿得体洋装的高个子女人。佩妮之前在报纸上看到过都杰，还记得他的样子。他是"梦见逝者"的制梦人，很少露面。佩妮不敢相信他和雅斯努兹·奥特拉一起出现在了自己眼前。

他们正和阿特拉斯聊着天。突然，两人同时看向了达勒古特和佩妮。

佩妮第一次近距离看到都杰。他的眼神非常锐利，整体气质一点也不像现在的人。他和现代风格的奥特拉形成了鲜明的对比，仿佛来自过去和现在的人突然从洗衣机模样的"时光机"里冒了出来。

都杰默默地凝视着佩妮的脸，而佩妮可能对他制作的梦有成见，感觉阴森森的，身体都好像僵硬了。幸好奥特拉认出了佩妮，打破了短暂的沉寂。

"佩妮小姐？"

佩妮不知道该说些什么，绞尽脑汁终于想到了一个话题。

"呃……那个……那你们也来参加睡衣派对吗？"

这是目前最自然的聊天话题。

"啊，我听说了。很多制梦人都在准备'回忆'主题的梦。对他们来说这肯定是个机会。达勒古特先生，我和都杰也可以参加吗？"

奥特拉卷起薄薄的雪纺衬衫袖子说道。

"你们如果能加入，派对会更加盛大。"

"以回忆为主题，我们的祖先要是听到，一定会很感动。

我们非常珍惜回忆。回忆会越回想越牢固，等庆典结束时，这个洗衣店也会更加闪亮。当然，衣服也会更容易晾干。”

阿特拉斯背对着洞穴小屋笑了。

“达勒古特先生，小人可以用回忆做盏灯吗？”

这是一直默不作声的都杰说的第一句话。

佩妮觉得不只是他的语气，他的声音也非常像古代人。

“我觉得可以把亡者的回忆晶体收集起来做成灯，也适合这个庆典，您认为怎么样呢？”

“用亡者的回忆做成的灯……外部人听到可能会想到走马灯。”

达勒古特有些为难。

“什么是走马灯？”

“还是不要这样。这个想法很符合你的风格，但好像不适合庆典。嗯……那制作一个承载着我们对逝者回忆的梦，怎么样？”

达勒古特婉言谢绝了都杰的提议。

“话说回来，派对的主题是‘回忆’，这是受了二楼经理维戈·迈尔斯的影响吧？他可不是一般的固执啊。”

奥特拉想缓和一下氛围，问道。

“维戈也是这么想的，但最终促成这个决定的还是佩妮。”

“果然！怪不得马克西姆喜欢佩妮呢。哎呀，我是不是有点多嘴了？一谈论起年轻人，我就有些控制不住自己了。"

面对奥特拉突如其来的问题，佩妮不知该怎么回答，只是眨了眨眼睛。

"马克西姆？我不知道那个家伙到底在干什么。"

阿特拉斯咯咯地笑了。

"马克西姆最近很少来吧？唯一一个儿子也见不着面，阿特拉斯，你一定很难过吧。"

佩妮大吃一惊。阿特拉斯和马克西姆在外表上并没有什么相像之处。

"难过什么啊。不管怎么说，那家伙已经长大了，比我这个父亲好多了。作为父母，哪有什么能比这更幸福的了。"

"阿特拉斯先生是马克西姆先生的父亲？那他也是在这个洞穴里长大的吗？"

"是的。所以我也是看着马克西姆从小长大的，都杰也是。这里一直就是我们的秘密基地。阿特拉斯就像是我们的亲生父亲。"

奥特拉深情地挽起比她矮小的阿特拉斯的胳膊。

"阿特拉斯，都杰那时多可爱……对吧？虽然他的语气那时候就很特别。"

"我平时对亡者很礼貌，都用这种语气跟他们交谈，渐渐就变成这样了。因为我从小就目睹了很多死亡……"

"想起很久以前的事情，好怀念啊。只要来到这里，就会沉浸在回忆中。小时候我爸妈跟别人借钱的时候总拿我当借口，说养孩子要花很多钱什么的。可别人的爸妈一般不会这样做。后来只要有人来我家，哪怕我心情很好，还是会露出一脸可怜相。因为我发现，这样父母就好接着往下说了。但他们总是舍不得在我身上花钱。"

　　奥特拉若无其事地讲起过去的事。

　　"突然提起这些事情，年轻人会觉得不自在的。这个道理我都懂，你怎么就不明白呢？"

　　都杰悄悄地看了一眼佩妮说道。

　　"哎呀，我又瞎唠叨了。上次和佩妮小姐处理过私事之后，就觉得佩妮小姐很亲近了，所以才会这样。比起拥有的满足感，对得不到的东西的渴望会让人更有动力。所以我现在才会这么成功。你来过我家，应该知道我对自己有多好吧？"

　　佩妮想起了雅斯努兹·奥特拉的豪宅。

　　"你们能够健康成长，不知道有多幸运。因为我这个父亲，马克西姆在洞穴里度过了童年，都杰也受了很多苦。生死相隔得并不远，就因为能看到死亡，受了多少羞辱……"

　　阿特拉斯用满是茧子的手擦擦眼睛，深情地看着奥特拉和都杰。

　　"小人现在都无所谓了。这里是不做梦的人的影子休息的地方，也是我们阴影般暗淡的心灵休息的地方。树木扎根需要时间。就像冬天自然而然会降临树林一样，有时候我们没犯错，也会经受痛苦，在第一个冬天谁都不知道如何是好。所以大家不要太担心在这里休息的人。随着时间的流逝，他们的心灵慢慢会得到平静。"

佩妮这才放下了心。她刚才一直觉得把老顾客留在夜行兽洗衣店，有点于心不忍。

马克西姆、奥特拉和都杰在这个洞穴里度过了幼年时期，他们以不同的方式顽强地活着。现在暂时逗留在这里的顾客最终也会像他们一样没事的。他们站在那里，聊了半天。那些夜影又开始过来探头探脑了。佩妮觉得它们有些憨厚可爱，不想赶走它们。

9. 超大型睡衣派对

暑热完全消退了，秋风早晚送爽。终于迎来了睡衣派对的第一个清晨。

职员们做好了各种准备，在各自的岗位上满面红光地等着迎接顾客。

"好，现在开启这扇门，派对就真正开始了！一、二、三！"

韦德阿姨向外一把推开了店门，眼前的景象让职员们赞叹不已。

佩妮激动地站在百货店门口。街道满是他们在过去几个月里精心准备的装饰和五颜六色的展位，从全国各地马不停蹄赶来的餐车排列得秩序井然。

一大早就来了很多只穿室内拖鞋或睡袜的人，没有一个人穿着平时的便服。就连一开始觉得穿睡衣出门有些尴尬的人，看到彼此各具特色的打扮也哈哈大笑起来，十分满足。他们犹豫着要不要爬上铺满路面的床，结果一群初中生迫不及待地爬上白色大床，开始了枕头大战。这就像是一发信号弹，所有人都和家人、朋友一起占据了身边的床，吵吵闹闹地玩耍起来。

佩妮止不住地想赶快穿上包里的新睡衣。

"我等不到下班了，想立刻把围裙脱掉，穿上睡衣跑出去。今天的时间怎么过得这么慢啊？"

佩妮和韦德阿姨站在服务台哭丧着脸。

"佩妮，我也想快点下班，和孩子们一起享受派对。对啦，你要不要和牟太日检查一下所有的展位？你出去一趟吧。"

"我真的可以出去一趟吗？谢谢您，韦德阿姨！"

韦德咧嘴笑了笑，叫来正贴在一楼大厅玻璃窗上向外张望的牟太日。

"牟太日！你别那么看了，和佩妮一起出去吧。尽管不希望这么快就发生问题，但如果有地方物品坏了，一定要告诉我。再帮我打听一下各个展位有没有需要的东西。"

"那我就出去啦？真是太让人兴奋了。我本来还想偷偷跑出去的。"

佩妮和牟太日故意没有直接去制梦人的展位，而是绕了个圈子，慢慢逛起了派对。

就算躺在路中间，大人也不会说什么，还可以和朋友们从早玩到晚，少男少女们个个笑逐颜开。

还有一些从其他城市特意赶来的人也夹杂其中，他们把睡眠眼罩像墨镜一样帅气地挂在额头上面。

"我也不能输。"

牟太日从两侧裤兜里分别拿出一只卷成圆状的睡袜。他穿上柔软的袜子，在擦得油光发亮的路上重复着滑冰的动作，一路向前冲去。

"佩妮，快来！"

"你这么走，肯定会栽个大跟头的。"

佩妮边追边警告牟太日。

"那又怎样？在这里摔倒顶多就是摔在柔软的床上。到处不都是床和被子嘛。"

佩妮和牟太日很快就到了"回忆"主题梦的售卖展位聚集的地方。

他们走近一个洋溢着爱意的粉色展位，光看装饰就能猜出这是哪个制梦人的。

"佩妮，牟太日！我们的展位最显眼吧？"

光头基思·格鲁尔看到两人很高兴。他不是一个人，斯林·戈洛克和乔克·代尔也在。这三位制梦人都拥有触觉天赋。

"三位果然还是一起合作制梦了啊！这款梦包含什么回忆呢？三位的喜好都包含在内吗？"

牟太日拿起摊位上的一个梦盒问。

偏白的粉红色包装纸与展位内播放的抒情背景音乐十分和谐，给人一种朦胧的感觉。

"我们为纪念这次活动打造的梦是'与初恋的回忆'。"

"那应该和斯林·戈洛克的喜好相去甚远吧。比起这些，戈洛克女士更喜欢充满紧张感、打斗、追逐的类型。"牟太日说。

"不用担心，结尾部分也结合了我的喜好。梦要比原本的回忆更加惊险。我们也考虑过要不要用完全复原回忆或是只弥补一些模糊感觉的方式制梦，但最后决定还是发挥我们的特长，在触觉上下了很大工夫。肯定会有一种完全回到那个时代的感觉。"

斯林·戈洛克信心十足地说，她穿了一件与展位的装饰很搭的粉红色衬衫。

他们交谈的时候，很多人也来到了展位。

"你们现在得忙着接待顾客了。我们先走了，还要赶着去巡查其他展位呢。有什么需要我们帮忙的，请随时到百货店里说一声。"

佩妮往后退了一步，避开蜂拥而至的顾客说道。

"正如你们所见，我们没有任何问题。如果需要人手，就去拜托你们。"

乔克·代尔一脸迷人的微笑，把他们送离了展位。

佩妮和牟太日刚离开展位，一位三十多岁的男顾客就指着"与初恋的回忆"问乔克·代尔：

"初恋真的会出现在梦里吗？"

"当然了。顾客您今晚会在梦中重回少年时代。"

男人满怀期待，毫不犹豫地拿起了梦盒。不一会儿，便进入了沉睡。

* * *

在梦中，男人回到了高中时代。他正和初恋一起走在家附近的小巷里。两人住在同一片地区，放学后经常一起回家。

男人在梦中看着女孩，心情和高中时代一样。夜晚的空气和路灯的光线包裹着他们俩。巷子与记忆中的很像，虽然也有一些地方与实际不同，但不至于妨碍他沉浸在梦里。

两人背着书包，走得很近，胳膊似乎快要碰到一起了。即使没有什么特别的话题，欢笑声和无厘头的玩笑也从没间断。男孩往前走着，偷偷瞄了一眼女孩，女孩的侧脸十分可爱。

从学校到家坐公交车大约需要十分钟，独自一个人走的话距离相当远，但两个人边走边聊，路就像突然被截掉了一段似的，变得非常短。

在梦中也一样，很快就到了女孩的家门口。两人之间萦绕着深深的遗憾，似乎就这样毫无目的地围着小区再转几圈也无法释怀。

女孩一脸遗憾地刚要进去，男孩的心中突然涌起一股巨大的勇气。他往女孩身前走近了一步，即将亲到女孩的脸颊时，玄关门突然开了。女孩的父亲出现了，他看出了端倪，脸上一阵红一阵绿。男孩看他这样，一下子就慌了。女孩急忙将男孩推了出去，男孩立刻在巷子里飞奔起来。

男孩在胡同里奔跑的时候，生动地感受到学生时代喜欢穿的那双运动鞋鞋底与地面的接触感，他气喘吁吁地抓住校服的上衣，摆正了书包。

梦中的男孩就是十五年前的高中生。在胡同的尽头，那种"哎……早知道就不跑了，还不如大大方方地打声招呼呢"的后悔的感觉，都和那时一模一样。

* * *

第二天早上，男人睡到了自然醒。他回想着梦中的情景，沉浸在回忆中好一阵子。这个梦是他真实的回忆，所以并不像平时做的其他梦那样，醒来就如烟雾一般从脑海里消失了。这个梦已经超越了单纯的回忆，竟然可以如此生动，太令人惊讶了。还以为都忘了……没有任何预兆，就可以在梦里与现实中无法重回的过去相遇，这份喜悦不会轻易消失。

"在只能前进，不能后退的人生中，哪儿还会有这种惊喜呢？"

* * *

之后的三天里，基思·格鲁尔和朋友们销售"与初恋的回忆"梦的展位和哥朗彭大厨运营的"回忆中的味道"展位获得了超高的人气，都需要百货店职员来帮忙了。

家具店赞助的床和床上用品，在负责道具的韦德阿姨严格管控下，大部分都保持得干干净净，只有摆放在鞋店前面的古董床总是脏乱不堪。

"看那边，床上不仅有葡萄皮，还有一堆饼干包装纸。枕头角也已经被撕烂了。如果还是莱夫拉恩精灵们干的好事，这次绝不会轻饶了他们。"

精灵们在床上三五成群，拿着手指节大小的枕头正进行着枕头大战。佩妮和牟太日刚气势汹汹地冲过来，他们便迅速飞走了。

莱夫拉恩精灵主要制作"飞天梦"，由于没有人真正拥有在天空飞翔的回忆，所以他们在此次派对上没有推出任何梦。为了解气，他们扬言会尽情享受派对，从这张床飞到那张床，不停地吵闹。

佩妮抖了抖被子，用白布擦了擦古董床头上的装饰镜子。

牟太日和佩妮这几天一刻不停地检查各个活动展位，向百货店报告情况，每天都要走上几万步。牟太日无意中减了肥，成功瘦脸。他用床上的镜子照了照自己的下巴线条，脸上露出了满意的表情。

"佩妮，我的五官是不是变得更加立体了？"

自信心爆棚的牟太日为了吸引众多女性的关注，穿上新购置的高级丝绸睡衣，留意着周围人的目光，转悠了一整天，但他所期待的浪漫情节从未上演。

与享受派对的牟太日不同，随着时间的推移，佩妮越来越担忧，大脑也一片空白。派对很盛大，没有什么大问题，但她在夜行兽洗衣店送出的邀请函的主人——330号顾客和620号顾客还一直没有出现。如果顾客在派对结束前还不过来，说不定会永远失去他们，这让佩妮感到很不安。

佩妮经过一群在床上疯狂蹦跳玩耍的孩子，又回到了百货店。

大厅里来了很多贵客。传奇制梦人雅斯努兹·奥特拉、都杰和阿加纳普·可可齐聚一堂，在装满梦盒的手推车前与达勒古特交谈着。

"时间这么紧，没想到大家能制作出质量这么高的梦。你们真了不起！我达勒古特欠大家一个大人情。"

"这么长时间已经足够了。我这个传奇能是白叫的吗？"

雅斯努兹·奥特拉若无其事地答道，她身旁的都杰却不好意思地干咳了一声。

"这种话你怎么能自己说出口？"

"现在这个年代，不能太害羞，就得自己大大方方的才行。"

"你好像又找回了自信，奥特拉。"

达勒古特欣慰地笑了。

"要是上次佩妮没过来找我，我可能现在正待在夜行兽洗衣店里，和阿特拉斯一起喝得烂醉如泥，也不会来参加派对。那样的话我应该真的会后悔很久吧。幸好现在确定了'别人的生活'系列，等准备就绪就推出正式版。到时候还请多多关照。"

"我会腾出一楼展柜最好的位置。"

"谢谢你也邀请我参加派对，达勒古特。"

依然拥有孩子般白皙脸颊的阿加纳普·可可拉起了达勒古特的手。

"阿加纳普，道什么谢啊？是我得感谢你啊。你没有太过劳累吧？你制作了不少梦啊，我们这个年纪要小心劳累过度。"

"看到和我年龄差不多的尼古拉斯还在四处活跃，我心里就痒痒了。众所周知，那位朋友在今年的新闻报道上非常火，现在还这么血气方刚的，我也得坐得住啊。正好你让我为派对制梦，好久都没有这么开心地工作了。"

"大家都制作了什么回忆的梦呢？"

佩妮帮达勒古特把车上的梦盒卸到地上，问道。

"你猜猜看。"

"都杰先生的梦好像会有与逝者的回忆，但是其他人的作品我就不太清楚了。"

"阿加纳普决定把'胎梦'再次作为礼物送给父母。她觉得等孩子长大了，再次做到胎梦也会成为一次美好的回忆。重现孩子第一次来到父母身边时的感动，哪有比这更好的方法呢？"

"那奥特拉的梦呢？还是像上次那样体验别人的回忆吗？"

"那种梦一下子制作不出来很多。这次的梦不是别人的视角。奥特拉不是还擅长制作一种梦吗？就是把时间压缩，让人在梦中一夜之间就能体验完。"

在梦百货店的一楼大厅，陈列着传奇制梦人制作的回忆主题梦。由于准备得稍晚了一些，顾客没有想象中那么多，牟太日见状便主动请缨，豪言壮语地说着要去招揽顾客，然后走出了百货店。他抓住每一位经过的顾客，开始"贩卖回忆"。

"这位顾客，请听我说。好梦有三个条件：第一，有可以收回的梦费，也就是说可以激发出人的多种情感！第二，就像一部百看不厌的电影，反复做都有意义！第三，为每个做梦人量身打造！你知道唯一一种完美满足这些条件的是什么梦吗？"

"什么梦呀？"

"是回忆啊，回忆。"

他灵活运用同事们在决定派对主题时的讨论。一些原本只想擦身而过的人也陆续走进了百货店。其实多数人进来并不是因为听了牟太日所讲的内容，而是见他动作和语气夸张，还误以为店里会有更加有趣的活动。

"那些难以忘怀的回忆！连忘却的回忆也能全部记起来！坐时光机回到过去的机会！现在马上来达勒古特梦百货店吧！"

尽管如此，牟太日的这番话好像还是很好地刺激了顾客们的购买欲。

"那我们也买个试试吧？"

人们开始排队购买他们备好的梦。有孩子的年轻父母主要购买阿加纳普·可可的梦，上了年纪的人则期待着与思念的人重逢，购买了都杰的梦。

在夜行兽洗衣店见过的 330 号顾客和 620 号顾客终于来了。佩妮终于在人群中发现了期待已久的面孔，十分高兴。看到他们带走了雅斯努兹·奥特拉制作的梦，佩妮这才放下心来。今

晚他们将做上一场精彩的梦，如同把漫长的岁月压缩成了一部
电影。

＊＊＊

退休后变得浑身无力的女人在梦里回味着每个平凡的日
子。

工作日艰难地按时起床上班，周末刚想甜美地睡个懒觉弥
补一下平日的辛苦，听到孩子过来，立马就和丈夫一起爬了起
来。乱哄哄地忙碌着准备上班，出门时捎上要扔的垃圾，迎面
遇上了邻居，相互打声招呼。

和丈夫一起讨论孩子们或家里的大小事，一起经历喜怒哀
乐，互相安慰。

按照天气的阴晴，准备当日的食物，感谢每季绽放的鲜花
和应季的食物，这些日常场景也流畅地一闪而过。

在公司工作中取得成就的时刻和令人失望的瞬间，与同事
们闲聊的琐碎故事也按照时间顺序一一出现了。

在梦里，女人回到新婚时住的单间里，生下第一个孩子后
又搬去有着绿色大门的那个两居室里生活。躺着看到的天花板
凹凸不平的部分，站着洗澡时看到的有着特殊花纹的瓷砖，这
些都非常清晰地再次出现在了她的眼前。

其实看到每个场景的时间只有一刹那，但所有出现的地方

都是女人长期停留过的人生据点，沉睡中的女人做梦时被勾连起很多与之相关的回忆。

*　*　*

"老公，昨天梦见我们以前住过的房子了。我们以前住过的那个两居室，房东住在二楼，有扇绿色大门。你还记得吗？"

女人醒来后对丈夫说。丈夫早就起来做操了，他染黑的头发下面又长出了白发。

"绿色大门的房子？我当然记得，连房东的名字和发工资那天经常订的外卖炸鸡店的电话号码都记得。我偶尔也会梦到住在那里的时候。你从那个房子搬出来的时候哭得很厉害啊。我问你'搬去更宽敞的房子干吗哭啊？'，你就嘿嘿笑了，但是擦地的时候又蹲在那里哭了起来。老大一边对你说着'妈妈不要哭'，一边和你一起哭，那个情形还历历在目。敞开大门搬东西时，你又放声大哭，哭声传遍了整个小区。"

丈夫坐在女人旁边，回忆起往事笑了。

"不知道我当时为什么会那样。把行李都搬出来之后，空荡荡的屋子里回响着我的声音和你的声音，觉得很奇怪、很讨厌。在那里吃饭、跟你吵闹、哄孩子们睡觉、打扫卫生，这些又笑又哭的回忆好像和行李一起被掏空了。我很感谢那个家。当时不是我们一家人最苦的时候嘛。可能是因为感谢它在搬家之前让我们住得很开心，才哭的。"

"是的。对啦，还记得我们住的第一间房子吗？就是我单身时独自住的那个月租房。那房子真是简陋，简直就是家徒四壁啊，我都不好意思喊你一起住。其实我也很想念那里。那年夏天，被子没干透，我们俩躺在潮乎乎的被子上聊着琐碎的事就睡着了。不知道为什么老觉得那段记忆特别美好。"

丈夫继续说了下去，他比女人更加兴奋。

"那点事你还记得。这么看来，好不容易下了决心住在昂贵的酒店里，结果除了觉得早餐好吃之外，什么都想不起来了。反倒是寻常日子里和孩子们一起做紫菜包饭、煎南瓜饼吃，这些事怎么记得这么清楚呢？哎哟，聊着聊着，感觉我们活得很开心啊。"

"是啊，开心地活了很久了。你跟我过日子真的过了很久了。"

"所以，厌倦了？"

女人调皮地问。

"哎呀，又这样。哪里厌倦了？我的回忆就是你的回忆，所以很高兴。"

丈夫把手放在女人的手背上拍了拍。

人生总是由99.9%的日常生活和0.1%的陌生瞬间组成。不能因为现在无所期待就伤心难过。季节的交替，回家的路途，一日三餐和每天看到的脸庞，这些 99.9% 的日常生活也非常宝贵。

这时女人才意识到，自己的人生都去了哪里，以后活着的快乐是什么，这些其实都是一些知道答案的问题。

＊＊＊

660 号年轻顾客也在梦里重温了一次过去的回忆。梦中的他正是在 19 岁那年年末，不满自己的高考成绩❶，决定要去复读的那个时候。

男孩心烦意乱，心想："不管了，豁出去了！"连双袜子都没带，也没有订房间，就和朋友们踏上了观看日出的两日之行。他在梦中又重新经历了一遍当时所有的瞬间。

他和朋友们前后挨着坐在火车最便宜的座席上，看着别人的眼色，嘻嘻哈哈地开些幼稚的玩笑。本来想睡到目的地的，但车身散发出的刺鼻油味让人恶心反胃。当时的这一情景也完美地再现了，让人根本想象不到这是一场梦。

男孩和朋友们想等着看日出，但是天太冷了，便进了一座建筑物。他们蜷缩在建筑物的地板上，马上就睡着了。等睁开眼睛一看，圆圆的太阳已经升起。他们无奈地笑了好一阵子，

---

❶ 韩国高考一般在 11 月份。

对着升起的太阳许了愿。

他笃信人生最重要的就是高考，面对高考失利，19 岁男孩的愿望非常明确。

"请让我相信，这算不了什么，很快就会好起来的。"

回到家后，父母没说别的，只是问了问旅行是否愉快。他们的表情是那么温和，丝毫没有责难的意思。

男人醒来之后，不记得梦中所有的事情了，却记得当年许下的愿望。现在，男人知道这个愿望已经实现了，不留遗憾地努力学习的一年时光和好的结果，成就了现在的自己。当时让他倍感心酸的经历，现在回过头去看，却是一段将他塑造得与众不同的历练过程。即使被撞裂、被磨碎，他也一定要确认，剩余的碎片最终会变成什么模样。要想做到这一点，只能尽力去撞击。男人现在需要的信念只有一个：

"过去了就没什么大不了。我会看开的。"

* * *

参加了睡衣派对的人在各自的梦里都出现了不同的回忆。那些回忆明明就在他们的脑子里，但如果不刻意回想，就像会永远留在发霉书架上的旧相册一样，不过是他们脑海一角的片段。

有的人想起了与现在的挚友初次见面时的情景，曾经以为永远不会跟那种人亲近；有的人想起了百感交集、疲惫不堪的日子里下班路上的风景。虽然人们面对的回忆不同，但它们都有一个共同点：

任何记忆变成回忆之后，小喜悦和小悲伤的界限就会模糊起来，都会变得很美好。

"这肯定是我的回忆，之前藏在了哪里？昨晚又回到我的梦里了呢。"

参加派对的人从梦中醒来后，久违地回忆起了往事。

***

为期一周的派对只剩下最后一天了。确认完等候已久的老顾客们都来过之后，佩妮才开始像其他人一样享受起派对。

"制梦新技术体验展位"每天都有不同的研究员出来介绍新产品或新的制梦技术。

佩妮吃着冰激凌，正在听一位年轻的研究员温柔地讲解着。

"我持续研究的领域就是通常所说的'梦中梦'，让人不在梦中醒来，接着进入下一个梦。此外，也在加快'假如人们在做美梦的时候意外醒来，仍能在十分钟内再次入睡，继续做梦'的技术研发。你想不想进去体验一下？体验需要三十分钟。"

"不了，体验就算了。感谢你的讲解！"

无梦之人

佩妮不想在展位里睡三十分钟，而浪费掉剩下的庆典时间。她把目光转向了出售各种样式捕梦网的路边摊。摊位上按照大小不同摆放着数百个捕梦网，据说这些漂亮的捕梦网可以阻止噩梦，让人只做好梦。

"这里最大的捕梦网使用的时候需要连接电源吗？"

"是的。这是真正的捕梦网，能感知到噩梦的气息。"

老板刚打开连接的电源，捕梦网上的羽毛就摇晃了起来。只是摇晃得过于厉害，看起来更适合驱赶虫子。

"平时它就这样不停地转，如果捕捉到一点噩梦的迹象，就会发出响亮的警告声。"

佩妮觉得还不如买一个普通的捕梦网。

这时，旋转的捕梦网突然发出了震耳欲聋的警告声。

"怎么突然这样了？"

捕梦网老板环顾了下四周。马克西姆和尼古拉斯刚好从旁边经过，吓了一跳，一动不动地僵在了那里。

"哦，原来是感知到马克西姆了啊。对不起，麻烦稍微离远一点儿。您也知道，它可以感知噩梦的气息。"

听老板这么一说，惊慌失措的马克西姆蹒跚着从捕梦网边上往后退了几步，结果被铺在地上的地毯绊了一下，差点被绊倒。于是有几个人忍不住哧哧地笑了。马克西姆没能站稳，又稀里糊涂地用手抓住了捕梦网的羽毛装饰，捕梦网这下更是呼天抢地地高声啸鸣。

看到马克西姆这副茫然无措的样子，佩妮心里很不舒服。只因为制作噩梦，就被当作噩梦一样对待，马克西姆真是可怜。

"关掉电源！"

佩妮喊道。不过尼古拉斯早已经用脚粗暴地踢掉了捕梦网的电源。

"这个廉价货，破玩意儿。"

但不知马克西姆为什么那么抱歉，一直低着头，逃跑似的消失了。

佩妮拖着疲惫的身体回到店里。吃得太多，肚子似乎都要撑爆了，晕头转向地不知撞到了多少人。

萨茉和莫格贝里还在忙着做类型测试。类型测试人气之高令人意外，甚至还有外部顾客排队。身穿草绿色衣服的投诉管理局职员们正在那儿有说有笑地排着队，他们看起来很兴奋，和在投诉管理局时看到的很不一样。

佩妮避开排队的人群，走到服务台达勒古特的身旁。

"达勒古特先生，您也做过类型测试吗？达勒古特先生肯定是'三弟子'类型吧？"

"我当然测试过了，而且测试过很多次。莫格贝里至少给我测试了五次，每次的类型都不一样。"

"真的吗？太令人意外啦！我是二弟子类型，现在测试应该也不会有变化。虽然我也喜欢阿特拉斯的洞穴和马克西姆的工作，但二弟子类型的人是否也像其他人一样具有明显的优点呢？"

"发生什么事了吗？"

"马克西姆不是制作让人想起过去的心理创伤的噩梦吗？阿特拉斯一生都在洞穴里守护回忆。虽然两位的工作都秉持着自己的信念，但总觉得这是件很孤独的事。"

佩妮想起刚才马克西姆在捕梦网前不知所措的样子，说道。

"我觉得，他们重视过去和孤独没有太大关系。马克西姆第一次走出洞穴创办噩梦制作室的时候，我也有些担心，感觉他一个人会很孤独。但是你也看到了，马克西姆今年和尼古拉斯一起制作了含有负罪感的签语饼。看到他这样，我就放心了。因为他自己找到了具有相同目标、一起共事的人，这样就不会再孤单了。阿特拉斯也是如此，他不是和夜行兽们一起工作嘛。今年也多亏了你和我目标一致，我才不孤单，很踏实。多亏你，找回了很多老顾客。真的辛苦你了，佩妮。"

"您这么一说，我心里就好受多了。"

"还有类型测试，没有必要用测试结果来区分你的类型。这个类型测试不是用来做这个的。"

达勒古特从外衣口袋里掏出一盒看起来很新的类型测试

卡片。

"达勒古特先生也有测试卡片吗？"

"我参与了制作，当然收到了几盒留作纪念。作为买书的赠品，是不是做得还挺好的？来，你看下盒子的背面。"

他把卡片盒翻过来，把盒子的背面展示给佩妮看。

为了守护现在的幸福，请认真活在当下；

为了尚未到来的幸福，要努力展望未来；

为了体悟曾经的幸福，需细细回顾过往。

"这个测试卡片并不是用来了解你的固有类型的，而是可以方便确认现在是一种什么生活方式、自己处于什么状态。每次测试结果都会发生改变，反而是理所当然的。"

达勒古特从盒子里掏出了卡片。完全重叠在一起的卡片呈现出时间之神将现在的时间碎片珍藏在怀里的模样。不知是不是偶然，叠放在一起的不透明卡片隐约散发出一道光芒，就像一面模糊的镜子照着佩妮。

"我有时候会想，三个弟子也许不是三个不同的人，而是人随着时间变化而具有的三种面貌。如果从出生的那一刻起认为'我的时间是完整的，因而时间之神就是我自己'，不就觉得我是我自己这件事很了不起吗？"

"哇，真的也可以这么解释啊。"

佩妮感觉自己拥有了现在、过去和未来，这种满足感似乎让她的身体温暖起来。

"顾客也和我们一样。有时候忠于现在，有时候对过去恋恋不舍，有时候只顾着奔向未来。大家都有这种时候。所以我们必须等待，哪怕人们不会马上来做梦，但生活中总有需要梦的时候。"

"嗯，我明白您的意思了。"

"达勒古特先生！准备的梦全部卖完了。这都是我在外面努力招揽顾客的功劳，明年年薪协商时您千万不能忘记啊！"

牟太日在远处喊道。

"牟太日精力仍然很旺盛啊！举办一次这样的活动是不会让所有的老顾客马上回来的。投诉管理局和洗衣店应该还会有很多人，我们只要准备好各种梦等着就行了。那……"

"因为大家都有那种时候，对吧？"

这时，一位顾客朝服务台走来，他用眼神向佩妮和达勒古特打了个招呼，准备走出店门。他的两手空空。

"您没有找到喜欢的梦吗？"

"是啊，今天不知怎么的，觉得不做梦，直接入睡也不错。"

顾客抱歉地笑了笑。

"好的，也有这样的时候。"

佩妮从容地答道。

"你这么说让我很意外，还以为你会抓住我不放呢。"

顾客停下脚步，转头看着佩妮说道。

"不用急，我们不是每天都会见面嘛。"

佩妮满脸笑容，她的表情很像身边的达勒古特的表情。

"梦百货店会一直在这里恭候您的光临。"

番外 1

"年度佳梦"颁奖典礼

睡衣派对结束之后，整个商业街迎来了前所未有的繁荣。达勒古特梦百货店连同所有参加派对的商店销售额都有了明显的增长。

其中，增长最为明显的是生产高级床上用品和床的"床之城"。"床之城"毫不吝惜地为睡衣派对赞助了新款床和床上用品。得益于此，大家可以在床上尽情地吃掉渣的薯片和带汤的面条。正是这些许的肆意妄为给大家带来了很大的满足感。派对上的愉快经历很自然地增加了大家对"床之城"床上用品的好感，他们的床上用品一上架马上就脱销了。

另一方面，达勒古特梦百货店二楼的销售额近期也出现了大幅增长，职员们对此津津乐道。派对结束三个月后，二楼的销售额已经超过了一楼。

无梦之人

其中的秘诀就是维戈·迈尔斯和二楼职员隆重推出的"刻印服务"。庆典结束后，维戈·迈尔斯和二楼职员们仍然日夜思考着，看有没有什么创意可以维持日常区的人气，毕竟日常区之前相对不怎么受关注。最后他们想出了一个妙招，就是为买梦的顾客提供即时刻印服务。他们配备了激光刻印机，在人造革盒子上刻上购买者的名字，而不是制梦人的名字。

"创造回忆的是曾经的顾客'本人'，所以这个梦的制作者当然也是顾客您啦。我们都是最棒的制梦人。无论是制梦人还是卖梦人，没有您是无法完成一件优秀作品的。"

维戈一边说着一边把梦盒递给顾客。当看到自己的名字被刻在盒子上时，顾客们都无比激动。

"如果是牟太日说那些话，可能就没那么让人感动了。只有维戈这种完全不会说客套话的人，这个方法才行得通。"

斯皮多对二楼人气火爆的秘诀按照自己的想法进行了解析。除了牟太日，大家都应和斯皮多的观点。二楼销售火爆，送到五楼打折区的商品就减少了，这让牟太日有些不满。

"用华丽的语言来销售商品是我们五楼的销售技巧。您不要太卖力了，维戈先生。"

二楼回忆专区人气火爆的秘诀不止这些。

他们还公然贴上了只含有无害成分的认证标志，这使得很多来三楼买动感梦或刺激梦的孩子也被父母牵着手带到了二楼。

"妈妈,让我做自己想做的梦吧。"

"你就买一个妈妈推荐的梦吧,你已经随心所欲选了一个星期的梦了。"

佩妮在日报《最佳解梦》中看到了关于二楼的专题报道。报道里称,在达勒古特梦百货店二楼回忆专区,可以在制梦人的位置上刻上自己的名字,然后把这个梦作为生日礼物送给自己。这已经成了一种当下的流行。

这种氛围一直持续到了年底。很多人为了观看年末的颁奖典礼而聚到达勒古特梦百货店里,他们也一直在讨论维戈·迈尔斯和二楼的回忆专区。

"我看到维戈·迈尔斯在梦盒制作人那栏刻满自己的名字,一个人在那里咧着嘴笑。为回忆专区的梦提供刻印服务,可能是他为了弥补自己没能成为制作人的遗憾。"

莱夫拉恩精灵们像麻雀一样整整齐齐地坐在椅背上嘀咕个不停,坐在附近的佩妮用冷冰冰的眼神盯着他们。自从今年她对维戈有了较深的了解后,听到有人对他说三道四就感觉很不舒服。

可能是因为梦百货店最适合观看年末颁奖典礼的传闻传了出去,大厅里的人比往年要多,都在等着看"年度佳梦"颁奖典礼。除了夜行兽，还有几位平时很少出现在商业街的制梦人。

路过的动物和顾客也聚集在百货店门口，往店内东张西望着。

"如果不介意，你们可以进来一起观看。"

达勒古特很高兴地把他们都叫进了店里。乍一看，和进来的人数相比，现场的椅子远远不够。眼疾手快的达勒古特拍了一下手，向大家喊道：

"我们撤掉椅子，今天都一起坐在地板上观看，怎么样？正好有很多地垫。"

达勒古特的话音刚落，职员们就有条不紊地搬走了椅子，腾出很多位置。

韦德把灯的亮度比平时调低了两挡，并恰到好处地在各处摆放了一些睡衣派对时用剩的蜡烛。气氛变得更加温馨，喧闹声逐渐平息了下来。佩妮和夜行兽阿萨姆伸直了腿，舒舒服服地在同一张垫子上坐了下来。

不知从哪儿来了一只黄色小猫，爬到阿萨姆的膝盖上，找了个位置，蜷缩起了身子。

"你倒是知道哪里舒服啊。"

佩妮看到达勒古特正努力尝试着把播放画面投到投影仪的屏幕上。只见他拿着两根连接投影仪的电缆线犹豫了好一会儿，令人惊讶的是竟然一次就插对了，超大屏幕上立时出现了清晰的播放画面。坐在旁边垫子上的韦德阿姨向达勒古特竖起了大拇指。

"达勒古特先生，这里有个空位置。请到这里来坐。"

韦德阿姨和达勒古特一起坐在都杰和雅斯努兹·奥特拉坐着的垫子上。都杰可能是被雅斯努兹·奥特拉硬拉过来的，像块石头一样一动不动。斯皮多黏在他身边，老是来烦他。

"都杰先生，您一般在哪儿买衣服啊？您盘着的发髻散开了，也是我这样的长头发吗？您是特意只穿一个颜色的长袍吗？我也喜欢一直穿同款的衣服，我们有很多相似之处呀。"

"小人没有特意穿什么衣服，只是喜欢这么穿而已……"

佩妮清楚地看到都杰不动声色地挪动了一下身子，仿佛生怕斯皮多会挤进来坐下。

坐在佩妮和阿萨姆周围的名人不光有都杰和雅斯努兹·奥特拉，阿萨姆的背后还坐着奇科·斯莱姆博和制作"动物做的梦"的艾尼莫拉·班乔。阿萨姆是奇科·斯莱姆博的老粉丝。经常跟着班乔一起进出的狗在地上打滚嬉戏，阿萨姆假装看狗，时不时偷偷转过头看一眼奇科·斯莱姆博。

"跟屏幕里边相比，这里更像颁奖典礼，佩妮。"

"放轻松，阿萨姆。"

阿萨姆一边深呼吸，一边抚摸着坐在膝盖上的猫。

"这种情况，我怎么能不紧张呢？你看到坐在我后面的是谁了吗？"

"好的，我能理解你现在的心情。"

佩妮对奇科·斯莱姆博和艾尼莫拉·班乔没去颁奖典礼现场，而是出现在这里感到很惊讶。班乔是去年"十二月畅销奖"的获奖者，而奇科·斯莱姆博则是"荣誉大奖"的获奖者。

"大家请看画面，维戈快出来了。"

二楼的职员们大呼小叫起来。

颁奖典礼进行到了高潮，舞台上的主持人正在宣布畅销梦获奖者。

"让各位久等了。本月畅销奖的获奖作品是梦百货店二楼回忆专区的梦！制作人是做梦人本人，所以我们无法指定获奖者。这个奖将由梦百货店二楼的经理维戈·迈尔斯先生代为领取。"

二楼的销量非常突出，人们都预想到了这个结果，没有太过惊讶。大家向二楼的职员或大呼干杯，或大声欢呼，送上了热烈的祝贺。

画面中的维戈跟在百货店上班时一样穿着正装，只不过今天脖子上打了领结。可能是太紧张了，维戈领完奖，没说获奖感言就径直走下了舞台，结果被主持人一把抓住，又重新回到了台上。

"不能就这么直接走了啊，说句简短的感言也可以。来，请到这儿来，再把话筒给您。看来维戈·迈尔斯先生很紧张啊，请大家掌声鼓励一下。"

维戈重新站到了舞台中央，他捋着胡须，犹豫着要说什么。

"严格来说，这不是我获得的奖，所以……我不好意思发表获奖感言。我的梦想就是能在'年度佳梦'颁奖典礼上获奖，活了这么久，这个梦想终于可以实现了。希望大家一如既往地关照达勒古特梦百货店二楼那些平凡却又特别的梦。嗯……我可以下去了吗？"

维戈发表完简短的获奖感言之后，立刻走下了舞台。

"连获奖感言都说得这么生硬，真是没治了！不过他的心情看起来比平时好多了，我能看得出来。"

莫格贝里喝着无酒精的啤酒说道。她抚摸着艾尼莫拉·班乔的狗，蹲坐在奇科·斯莱姆博坐着的垫子上。

"两位的作品没有在今年的颁奖典礼获得提名，一定很遗憾吧。"

莫格贝里看着斯莱姆博和班乔说道。奇科·斯莱姆博的回答却让人感到很意外。

"我们明年会得大奖的。"

"'我们'？你们两位要一起制作新梦吗？"旁边的佩妮也问道。

"是的，我们俩正在准备一个新项目。对吧，班乔？"

"对，我很荣幸。奇科·斯莱姆博先生制作不是动物，但能感觉像动物的梦，而我则完全是从动物的角度制作梦。有一种梦可以将这两者进行完美结合。"

"那是什么梦啊？"

"佩妮，你知道有哪些动物，虽然是动物，但没像动物那样生活过吗？"

"虽是动物但……你说什么呀？你们怎么都喜欢让我猜谜语呢？"

"哈哈，对不起，问得太突然了吧？我们将制作一款'动物园动物做的梦'。希望它们可以在本该生活的地方，度过哪怕只是生命三分之一的时间。"

"哇，从没想过可以制作这样的梦！如果真的上市了，就绝对不能在动物园敲玻璃弄醒那些睡觉的动物了。要是从精心制作的梦境中醒来，实在是太可惜了。"

佩妮非常期待这款将在明年进入四楼的新产品。

不知不觉间，颁奖典礼只剩下"年度大奖"还没有揭晓了。但不知怎的，氛围一点也不紧张。大家好像都已经知道大奖获奖者会是谁了。

"阿萨姆，这次大奖作品是什么梦啊？"

"你没听说那个传闻吗？"

"什么传闻？"

"听说阿加纳普·可可完全恢复了鼎盛时期的状态，无人能敌。"

阿萨姆刚说完，主持人就公布了获奖者名单。

"荣获今年荣誉大奖是……阿加纳普·可可的'重温胎梦'！"

伴随着响亮的掌声，衣着靓丽的阿加纳普·可可在安保人员的保护下走上了舞台。

"在这次回忆主题的睡衣派对上，阿加纳普·可可跟父母们分享了第一次怀上孩子时激动人心的胎梦。她的梦被评为'一个让人再次感受到怀上孩子时的激动心情的奇妙之梦'。下面，请获奖人与我们分享一下具体内容和获奖感言。"

阿加纳普·可可按照自己的身高把话筒稍微调整了一下，开口说道：

"我这个老太婆有生之年又获得了大奖，看来前途还一片光明啊！在这次制梦过程中，看到验孕棒上显示两道杠时的感动，第一次拿到超声波照片时的感动，回想起这些，我也感触颇多。如果大家都以初次见面时的感动对待身边的每一个人，该有多好啊？但愿我今后也能带着最初的那份感动愉快地工作。全国的大龄制梦者们！看到我你们受刺激了吧？"

这时，摄像机拍下了尼古拉斯从观众席上站起来为阿加纳

无梦之人

普·可可鼓掌的场面。

尼古拉斯一般不出席颁奖典礼，今年却身穿礼服守在现场。画面上每次出现尼古拉斯时，都能看到他身旁红着脸的马克西姆。

"阿加纳普·可可女士的鼎盛时期似乎还没有结束。"

都杰鼓着掌感叹道。

"很好，我也不晚吧？明年我要用正式版'别人的生活'挑战一下大奖。"

奥特拉把大衣领子立了起来，一脸悲壮地说。

时钟很快就要指向子夜了。佩妮等着倒计时，心里默默祈祷："我要像阿加纳普·可可说的那样，明年也不忘初心愉快地工作。希望明年和后年也能和大家聚在达勒古特梦百货店一起观看年末颁奖典礼。"

番外 2

马克西姆和捕梦网

喧闹的年末过去了，新的一年开始了。气温骤降，今天还飘着雨夹雪。佩妮摘掉手上被雪打湿的毛手套，手指尖冰凉。她一心只想着快点到达目的地。

佩妮不方便地抱着一个和她身体差不多大小的纸袋，摇摇晃晃地往前走。纸袋脆弱的提手不堪重负，早就断了。

佩妮正在寻思自己是不是有些多管闲事，结果不知不觉就到达了目的地——马克西姆的噩梦制作室前。可能是从秋天就没有收拾，制作室前已经堆了好多结冰的落叶，还有一些不能用的物件。不过有一点变化，那就是与第一次到访时不同，原本漆黑的窗帘换成了深灰色的。

佩妮站在门口的台阶上，没有立即进去，而是不停地跺着冻僵的脚。她正考虑见到马克西姆应该怎么说，门却突然开了。

"佩妮小姐，你怎么来了……"

马克西姆穿了一件粗毛线织的灰色毛衣，看到佩妮，一脸惊讶地站住了。

"哦，你好！"

"来了怎么不敲门啊，这么冷为什么站在外面？请进。"

"啊，天气确实凉飕飕的吧？不是凉飕飕，是非常寒冷，又下着雪……可能是到了冬天了。冬天本来就很冷嘛。那个，不用了，我不进去了，把这个送给你我就走。"

佩妮尴尬地把手里的纸袋递了过去，语无伦次地说道。

"虽然不知道你拿了什么过来，但这么冷的天，我不能让冻坏了的客人就这么回去。快请进来吧。"

马克西姆没有强行拉佩妮。不过就这么站着，马克西姆和佩妮肯定都会变成雪人。在马克西姆的脚下，厚厚的雪花正在慢慢堆积。佩妮在心里不停地后悔着不该过来，最后还是尴尬地走进了噩梦制作室。

制作室比她之前和达勒古特一起来的时候显得还要杂乱。可能是放置制梦材料的地方不够，墙壁上新安装了一个之前没见过的隔板。隔板上面还不够放，便在下面的空白处又安装了挂钩，挂了一些可以放进网里的材料。工作桌上，像行星一样色彩斑斓的小背景块静静地沉睡在尚未拆开的透明盒子里。

"请坐在那里。我去给你煮杯热茶。"

马克西姆指了指工作桌和椅子。

在马克西姆煮茶的时候，佩妮考虑了很久，要不要把纸袋里的东西拿出来。

"来，给你，这是我工作时喜欢喝的香草茶。没有什么特别的效用，不过香味很好。你找我有什么事呢？应该不是梦百货店的职员亲自来向所有的制梦人祝贺新年。你们都很忙的。我其实很惊讶，你会一个人来找我。"

佩妮瞥了一眼表情温和的马克西姆，决定不再兜圈子，直接表明此行的目的。

"你看了这个东西，绝对不能嘲笑或取笑我。"

佩妮深吸了一口气，从纸袋里拿出了一个东西。一个巨大的，缠着一串串不明物体的物品出现在桌子上。

"这不是捕梦网吗？"

"是的，没错！这就是捕梦网。"

佩妮见马克西姆认出了是什么东西，顿时高兴得合不拢嘴。她本来觉得自己制作的捕梦网太过粗糙，还犹豫要不要给他看，但不管怎样，能看出这东西的用途，这让她更加放心了。

"这是你亲手做的吗？"

"哪儿会卖这么糟糕的捕梦网啊？"

佩妮尴尬地笑了笑；向马克西姆仔细地展示了捕梦网上挂着的笨拙装饰。用绳子编织而成的圆环上绑了过多的羽毛装饰、珠子和贝壳等，圆环勉强可以支撑住这些为掩盖不熟练的编织手艺而挂上的成串装饰。

"真漂亮。"

马克西姆像是第一次见到捕梦网那样出神地看着。看他的表情绝不像是在演戏。

佩妮本以为马克西姆会放声大笑，嘲笑自己浪费材料，但他的反应太出人意料了，这反而让佩妮有些惊慌失措。

"你为什么要送我这个呢？而且还是你亲手制作的珍贵物品。"

还没等她掩饰住慌张的神色，马克西姆的嘴里就说出了那个令她担心的问题。佩妮没有信心回答这个问题，所以考虑了好几天要不要来马克西姆的工作室。

"没什么特别的意思。不，有特别的意思。我是说，你没必要有负担。上次在睡衣派对……应该是最后一天，我看到你在捕梦网前为难的样子了。所以虽然没什么功能……没什么功能，也不怎么好看，这确实是个问题。但我亲手制作的捕梦网应该还好，所以就……"

佩妮想起感知到噩梦气息而发出刺耳警告声的捕梦网和惊慌失措的马克西姆，小心翼翼地说道。

马克西姆一言不发。

"那个，如果你感觉不舒服，我还是拿走吧。我只是……"

佩妮吞吞吐吐起来，马克西姆急忙挥了挥手。

"不是的！因为在这种情况下我不知道该如何表达，我从来没有这么开心过。太高兴了，如果从来都没有这么高兴过，到底该怎么表达这个瞬间呢？"

马克西姆认真地问道。

"哪至于……总之你是喜欢这个礼物的吧？真是万幸。"

佩妮拿起捕梦网从座位上站起来，环视了一下马克西姆的工作室。

"让我看看，这个可以挂在这边的空挂钩上。"

佩妮背对着深灰色的遮光窗帘，指了指高处挂着各种材料的隔板。

"来，这么挂起来一看……还挺像样的！马克西姆先生，你也过来看一看吧。"

马克西姆和佩妮一样背靠窗户站着，透过白色捕梦网的圆环，他的工作空间尽收眼底。

"现在，这里制作的梦将穿过这个捕梦网，成为对人们有帮助的好梦。"

"哇……真好看。"

马克西姆弯下腰，弓着身子看着捕梦网。工作室里没有播放常听的音乐，一片寂静。

佩妮没什么要说的了。这时一个想法涌上心头，自己一个人来还是有些操之过急了。马克西姆仍然像静止画面一样一动不动，他似乎也不会再多说什么了。所以佩妮要么继续说话，要么现在就得说"我先告辞了"，然后走出门去，这样才能打破这种尴尬。

佩妮正想开口随便说些什么，出乎意料的是，马克西姆先打破了沉默。

"佩妮小姐，你满意梦百货店的工作吗？"

"啊？你怎么突然问起了这个……"

"我很好奇，很想知道。"

"嗯，真的非常好。当然有时候也会很累，很伤脑筋。但我很高兴能在身边看到很多人的生活。马克西姆先生，你怎么样？你喜欢当一个制梦人吗？对了，这个问题有答案的。我在夜行兽洗衣店听阿特拉斯先生说过。他说你为了当制梦人，离开了洞穴，一个人非常努力。是因为喜欢，才会这样的吧。"

"你听爸爸说了啊，真是羞愧。是的，对，制梦真的很有魅力。"

"那我换个问题！你离开洞穴后什么时候最开心呢？"

"现在，我现在最开心。"

马克西姆像是一台提前录好了的自动应答机，毫不犹豫地就回答了。佩妮不知该说什么，勉强喝下了一口还没放凉的茶。

"不过，佩妮小姐，刚才非常高兴的一瞬间，我想到该怎么表达这种感觉了。"

"你打算怎么形容呢？"

"这句话很像二弟子的后代说的。"

"什么话？"

"今天，好像又拥有了一段永生难忘的美好回忆。以后好梦中的背景应该总会是现在坐着的这个地方。"

佩妮记不起来最后一次听到这么让人难为情的话是什么时候了。马克西姆怎么能说出这种话呢？不过佩妮一连熬了两个晚上制作捕梦网和马克西姆说出让人难为情的话，这两者之间，哪一个更有分量，似乎不用特意比较就能知晓答案了。佩妮自己意识到了这一点，傻笑起来。

这时，挂在隔板挂钩上的捕梦网在空中转起圈来，装饰物相互碰撞着，发出叮叮当当的响声。声音应和着还没有完全放松下来的两人的笑声，十分和谐悦耳。

——（完）